小学館文庫

ミステリと言う勿れ

前編

豊田美加
原作／田村由美
脚本／相沢友子

小学館

CONTENTS

1

二階建アパートのベランダから、雲ひとつない、すっきりと晴れ渡った空が見える。

「〝秋は夕暮れ〟……まだ朝だけど。うん、カレー日和だ」

情緒とカレーは無関係のように思えるが、そんなことはない。少なくとも、この首にマフラーを巻いた、巨大なアフロヘア風の髪型をした大学生——久能整《くのうととのう》にとっては。

に、しても、何やら表が騒がしい。

通りを走っていく人たち。救急車とパトカーのサイレンの音。空には、旋回しているヘリコプター。控えめに言っても、今朝の爽やかさとは程遠い気配である。

まあいい。遠くの喧騒《けんそう》を聞きながら、エプロン姿の整はいそいそと部屋に戻った。

2DKの居室続きのキッチンに行き、鍋がのっているガスコンロに火を点《つ》ける。

「よし、煮込み再開」

蓋を開け、昨夜作っておいたカレーをおたまですくう。

「じゃがいもの形がなくなってる。これ大事」

確認完了。さらに玉ねぎを包丁で切って鍋に入れる。

「玉ねぎのザク切りを大量追加。これも大事」

食欲をそそる香辛料の匂い。う〜んこれこれ。

「今日はコロッケをのせようか、それともメンチにするか……」

冷凍庫を覗《のぞ》き込み、ウキウキしながら冷食を選んでいると、玄関のチャイムが鳴った。はて、誰だろうか。まだ九時前だから、宅配ではないだろう。

ふつふつと湯気を立てている鍋を気にしながらドアを開ける。

「あ、大家さん」

いつもの人のよさそうな丸顔が、すまなそうな丸顔になっている。

「朝からごめんねー。この人たちが……」

大家さんが最後まで言い終わらないうちに、後ろにいたトレンチコートの初老の男が、警察手帳を掲げて見せた。

「大隣《おおどなり》署の薮《やぶ》といいます」

「警察……？」

警部補、薮鑑造《かんぞう》とある。そのまた後ろに控えている、オシャレなネクタイの優男風は薮の部下だろう。

薮は警察手帳をしまい、備忘録らしい別の手帳を開いた。

「えっと、久能……セイさん？　ヒトシさんかな」

「ととのう、です。久能整」

「なにその名前」

優男風の部下がブッと吹き出す。個人的感情を抜きにして好意的に言えば、裏表のない、嘘のつけない性格らしい。

薮が「おい」とたしなめ、再び整にいかつい顔を向けた。

「……久能さん、ゆうべの十時頃、どちらにいらっしゃいました?」

「え。家にいましたけど。カレー作ってたんで」

「おひとりで?」

「はい、ひとりです……ああ、近所で事件でもあったんですか」

さっきの騒ぎから、すぐに想像はつく。

「そこの公園でご遺体が見つかってね。被害者は寒河江健《さがえけん》さん。同じ大学だよね」

「はい」

「ちょっとお話を伺いたいんで、署まで来ていただけますか」

「え、いや、でもぜんぜん親しくないんで。あの、被害者って言いましたよね。つまり寒河江は殺されていて、僕が犯人だと疑われているということですか」

「……ご同行いただけますよね?」

顔に出ないのでわかりにくいかもしれないが、整は心底がっかりした。

せっかく昨夜から仕込んだカレーの煮込みを、中断しなければならないとは……。

【一日目】

殺風景な小部屋の真ん中に机がひとつと椅子が二脚、部屋の隅にも机と椅子。整はマフラーもキャメルのダッフルコートも身につけたまま、ドアに向かい合う形で椅子に座っていた。

善良な市民のほとんどがそうであるように整も警察署の取調室は初めてだが、テレビの刑事ドラマに出てくるそれと変わらず、面白みもなければ緊張もしない。

が、壁のマジックミラーだけは少々気になる。さっきからずっと、鏡の向こうから誰かに見られているような……。

手持ち無沙汰のまましばらく待っていると、薮が五十がらみの刑事と一緒に入ってきた。薮が向かいに座り、事情聴取とやらが始まる。

「久能くん、寒河江さんとは高校の時も同じクラスですよね」

五十がらみのほうが、薮の横に立ったまま質問する。いかにも叩《たた》き上げの薮とは対照的に、こちらは銀縁眼鏡をかけたインテリ風だ。

「はい、高三の時」

「なぜさっき言わなかった？」

薮は咎《とが》めるような口調だが、整にとっては、一週間前の夕飯と同程度の、どうでもいい記憶でしかない。サンマでしたよね、そう言えばそうだった、くらいの。

「いや、だから別に親しくないんで」

大学内で会えば挨拶する程度で、最後に見かけたのはいつだったか。

するとインテリ眼鏡が、被害者の、つまり寒河江の写真を整の前に置いた。高校時代から変わらない陽気な笑顔に、シルバーのネックレス、派手な柄シャツ。整の中では、巷《ちまた》でパリピとかリア充とか言われている、今生では縁もゆかりもないであろう人種に分類されている。

「彼はあなたから見て、どういう人物でしたか」

「……金持ちのボンボンです。父親が何かの社長で、親戚に議員さんがいて、小遣いたくさんもらってて、チャラくて派手でモテモテで」

「親しくないわりに、よく知ってるじゃないか」

薮が意地悪く指摘すると、阿吽《あうん》の呼吸でインテリ眼鏡がたたみかける。

「しかも悪意のある言い方だ。彼が嫌いだった？」

「あまり近寄りたくないタイプでした。向こうも近寄ってこなかったから、なんの接点もないです」

コンコン。薮が机を指で叩いた。

「目撃者がいるんだよ。犯行時刻の夜十時ごろ、ご遺体の見つかった公園で、きみと寒河江くんが言い争っているのを見た人がいる」

整は、薮の臙脂色《えんじいろ》のネクタイをじっと見つめた。やはりマジックミラーの向こうには人がいたのだ。いわゆる〝面通し〟が行われたらしい。

「僕じゃありません。それは人違いです」

「そうか？　きみのもじゃもじゃ頭はけっこう特徴的だが」

〝クルクル〟とか〝ふわふわ〟とか好感のもてるオノマトペはほかにもあるのに、なぜか整の頭は〝もじゃもじゃ〟あるいは〝ボワボワ〟で表現される。慣れてはいるが、あまり気分はよろしくない。

さておき、髪型だけで被疑者扱いされてはたまらない。

「もしかして、僕の生き別れた双子の兄弟かもしれません」

「え、きみには生き別れた双子の兄弟がいるのか」

「いません」

「…………」

無言になったベテラン刑事たちの代わりに、外でカラスがカアと鳴いた。

ふたりを置き去りにして、整はしゃべり続ける。

「公園って西郷坂公園《さいごうざか》ですか。あそこ暗いのに、よくハッキリ見えましたね。その人は何をしてたんですか？　僕はどんな服を着てました？　というか、皆さんはその目撃者の人をよく知ってるんですか？」

「えっ……」

突飛な質問だったせいか、薮は一瞬、息を止めて言葉に詰まった。

「そんなわけないだろう。善意の第三者だよ」

インテリ眼鏡が呆《あき》れ顔《がお》で言う。

「……じゃあ僕と立場は同じですよね。皆さんがよく知らない人物。それなのにどうして、その人が本当のことを言っていて、僕のほうが嘘《うそ》をついているって思えるんですか」

「わざわざ名乗り出て嘘をつくメリットなんて……」

「あるかもしれないでしょう。その人にしかわからない事情とか、お得感があるんですよ」

「……きみはなかなか落ち着いてるな。殺人の疑いをかけられてるのに」

整の相手をしているのはもっぱらインテリ眼鏡で、薮はしばらく聞き役に徹している。

「何もしてない僕を冤罪《えんざい》に陥れるほど、警察はバカじゃないと思ってますから」

インテリ眼鏡が、なぜか急に押し黙った。

「それともバカなんですか、薮さん」

ただでさえいかつい顔が、子供なら夜泣き確定の形相になる。

整はかまわず、「あなたは……」とインテリ眼鏡を見た。

「青砥《あおと》だ」

青砥成昭《なりあき》。階級は薮より一級上の警部であるから、エリートなのだろう。

「青砥さん、あなたもです。もういいですよね。じゃあ、僕帰ります」

用は済んだとばかりにバッグを肩にかけて立ち上がった整を、薮が呼び止めた。

「久能くん。すまんが取り調べは夜までかかる。あと明日も来てもらえるかな」

「……えぇー！」

まだひと口も食べていない鍋のカレーが、整の頭をよぎった。


ほかの刑事は出払っているのか、凶悪犯罪を扱う強行犯一係のフロアには、小柄な女性警察官がパソコンの前にぽつんとひとり座っていた。

「あのー、携帯返してください」

ようやく取調室から解放された整は、少し離れた場所から声をかけた。

彼女はパソコン作業に集中しているのか、気づいていないようである。

「すみません」

もう一度声をかけると、彼女はハッとして振り返った。

「え、あ、何ですか!?」

見たところ年齢は二十代半ば。ちまっとした小動物を思わせる童顔をカバーするように、かっちりしたダークなスーツを着ている。

「もう帰るので、携帯を」

「ああ、はい」

彼女は立ち上がって、預けてあった整のスマホを取りにいった。開きっぱなしのファイルの画面が、たまたま整の目に入る。

すぐに彼女が整のスマホを手に戻ってきた。

「こちらでお間違えないですか」

「はい」

「では、受け取りのサインをお願いします」

整が書類にサインしていると、頭髪の薄くなった強面《こわもて》の刑事がやってきた。

「風呂光《ふろみつ》！　資料のコピーはどうした！」

凶悪犯も震え上がりそうなダミ声が飛んできて、彼女——風呂光はビクッとした。

「はい、今やります！」

「おせえんだよ、トロイなぁ」

「すみません」

「そういや聞いたぞ。おまえ、ペットが死んだくらいで遅刻すんじゃねえよ。ったく、これだからお嬢ちゃんは。甘えやがって」

風呂光は唇を噛《か》んでうつむいている。

気まずくなった整は、サインした書類を置いてそっと部屋を出た。

大変そうだな……と思いつつ廊下を歩いていると、薮とアパートを訪ねてきた優男風の刑事が、同僚と話しているところに通りかかった。

「いやー、さっきの大学生、マジやばかったですよ。やっぱゆとりってすごいわ」

別室で取調室のやり取りを聞いていたようで、整のことを「いちいちめんどくせえ」だの「薮さんに喧嘩《けんか》売った」だの言いたい放題だ。

「池本《いけもと》、おまえも同じだよ」

「えぇー！　俺は違いますよ。もうすぐ父親になるんだし」

聞くともなく聞きながら、整は出口に向かった。


【二日目】

取調室も二回目となると、まるっきり新鮮味がない。

「ども、池本ですー」

「風呂光です……」

池本優人《ゆうと》と風呂光聖子《せいこ》。陽キャ代表と陰キャ代表のような若手巡査ふたりが、今日の取調官のようだ。

「……もう何も話すことないですけど」

なんのために呼ばれたのかさっぱり理解できない整に、池本が言う。

「まずは指紋の提出にご協力ください」

「指紋!?」

整は思わず声をあげた。参考人段階で指紋を提出するなど、聞いたことがない。

「すみません、よ、よろしくお願いします」

小動物、ではなく風呂光がおどおどと頭を下げる。機材を抱えているところを見ると、風呂光が指紋採取を担当するらしい。

昨夜の出来事が頭をよぎり、整は首に巻いたマフラーの中で小さく息をついた。

「……いいですけど」

自分のせいでまた風呂光がどやされることになったら、それはそれで後味が悪い。

風呂光が持参したスキャナーに手を乗せる。指を真っ黒にして指紋を採取したのは昔の話で、今はスキャンした指紋をデータベースに登録し、自動照合する。この指紋自動識別システムによって、効率よく迅速に容疑者を割り出せるというわけだ。

だが、パソコンを操作する風呂光の手は、いたって覚束《おぼつか》ない。何度やってもエラーになる。じっと手元を見つめる整の視線が気になった風呂光は、ますます焦って指が震えだす始末だ。

見かねた池本が「おい、大丈夫かよ」と声をかける。

「す、すみません」

悪戦苦闘の末、やっと指紋が採れた。

「ありがとうございます」

「……ペットが亡くなったんですか」

整は、ふと思い出して言った。

「えっ」

「なんで知ってんの？」と池本が目をぱちくりさせる。

「ちょっと小耳に挟んで」

「そうなんすよ、こいつ、少し目を離した隙に死なれたって落ち込んじゃって。仕事休みたいとか、警察官のくせになに言ってんだか。薮さんなんか、奥さんとお子さんの死に目にも会ってないんだぞ」

「目を離した隙に……ってことは猫ですか。具合が悪くて、ずっと付き添ってたんですか？」

整が訊《たず》ねると、風呂光の顔が苦しそうに歪《ゆが》んだ。

「……はい」

「そうですか……きっと、風呂光さんのことが大好きだったんですね」

「は……？」

「あなたに死ぬところを見せたくなかったんです。猫の習性ってだけじゃなくて、風呂光さんのことが大好きだったからですよ」

風呂光は呆気《あっけ》に取られて、淡々としゃべる整の顔を見つめた。

「そういうのって、猫に限った話じゃないですけどね。うちの母方の祖母も、入院中いつもそばに誰かいたのに、一瞬、人がいなくなったのを見計らったように亡くなりました。母は嘆いていたけど、僕は祖母の意志だと思う。強くて優しい人だったから、だから死ぬときに、見られたくなかったし見せたくなかった。それは祖母の、猫の、プライドと思いやりです」

整の言葉に、風呂光はじっと聞き入っている。

「いやいやいや、そんな自分で自由に死ねるわけないでしょ。たまたまでしょ」

自分の視点でしかものを見ない、池本のような人間もいる。

「……僕は、あなたには捕まりたくないです」

「え？　なになに、やっぱり捕まるようなことしたの？」

ゆえに言葉を額面どおりに受け取る。単純さは時に美点であるが、刑事という職業にはいかがなものか。

その時、乱暴にドアが開いた。

「おい風呂光！　なにトロトロやってんだ！」

顔を出したのは、薮である。今日もまた、臙脂色のネクタイだ。

「は、はい、すみません！」

おろおろと機材を片づける風呂光が、薮をさらに苛《いら》つかせたらしい。

「ビクビクするな。そんなんじゃ舐《な》められるぞ。だから一係に女は要らねえって言ってんだよ。ほら、さっさとしろ！」

「……はい！」

きびすを返した薮のあとについて、風呂光も慌てて取調室を出ていく。

一息つくと、池本は椅子に座って整と向き合った。

「さてと、事情聴取、始めましょうか」

「やってないって言ってるのに」

「一昨日《おととい》の夜十時頃は、どこにいたんでしたっけ？」

整は返事をしない。

「答えてください。どこで何してたんすか」

再度の問いかけにも答えず、池本をじっと見ている。

「……何か？」

「奥さん、何ヶ月ですか」

「え!?」

池本は一瞬、動揺を見せたが、ギリギリ平静を保った。

「……話を逸《そ》らさないで、答えて。一昨日の十時はどこで何を」

「喧嘩でもしたんですか」

「ええ!? な、なんでわかんの!?」

大きくのけぞって椅子ごと後ずさる。もはや驚きを隠せない、というより思いきりさらけ出している。

「シャツはアイロンかかってないし、靴は汚れてるし、着替えてるから泊まり込みってわけでもなさそうだし。昨日はもっとちゃんとしてたんで」

池本自身がオシャレに気を遣っているなら、アイロンがけや靴磨きをするタイプには見えないだろう。そもそも自分でアイロンがけや靴磨きをするタイプには見えない。

池本の整を見る目が、あきらかに変わった。

「……いやたしかに俺、忙しくて、付き合いでぜんぜん帰れなかったり、ほったらかしですけどね。でも薮さんなんか平気で何ヶ月も帰らなかったっていうし、警察官ってそういうもんってわかってほしいすよ」

取調室は、いつしかお悩み相談室の様相を呈してきた。

青砥が言っていたように、風呂光にも整が何を考えているのか、まったく読めない。

「……バカにしてるんですか」

視線に耐えられなくなった風呂光は、少しムキになって言った。

「はい？」

「どうせ私なんか、何もできないと思ってるんでしょう」

「……そう言われてるんですか？」

風呂光は、両こぶしをぎゅっと握りしめた。

「お、女だからって舐めないでください」

「舐めてませんよ。というか、風呂光さんが舐められないように気をつけなければいけないのは、この署のおじさんたちにだと思います」

「え……」

「それこそが、風呂光さんの存在意義だと思いますけど」

「……存在意義？」

「はい」

「……なんですか、私の存在意義って。いじられ役とかマスコットとか雑用係とか数合わせとか、ほかに何があるんですか」

ハラスメント無法地帯で植え付けられた、劣等感と自己肯定感の低さ。

整は知っていた。一昨日の夜、スマホを受け取りにいったとき、風呂光がパソコンで辞表を作成中だったこと。

しばし沈黙が降り、整はおもむろに口を開いた。

「……あの、僕は偏見のかたまりで、だいぶ無茶なことを言いますが、おじさんたちって、とくに権力サイドにいる人たちって、徒党を組んで悪事を働くんですよ。都合の悪いことを隠蔽したり、こっそり談合したり、汚いお金を動かしたり。そこに女の人がひとり交ざってると、おじさんたちはやりにくいんですよ。悪事に加担してくれないから。鉄の結束が乱れるから」

捜査本部で捜査会議が行われても、そこには薮や青砥ら男の捜査員しかいない。風呂光はいつも蚊帳の外だ。

「風呂光さんがいる理由って、それじゃないですか。おじさんたちを、見張る位置」

「………………」

「男のロマン至上主義の人たちに交ざれないって困ってるんでしょうけど、別に至上でもなんでもないんで。あなたは違う生き物なんだから、違う生き物でいてください」

黙って整を見つめていた風呂光の表情が、やがてぐっと引き締まった。

「ここは談笑部屋か？」

棘《とげ》のある声に、風呂光がハッと振り返る。

「邪魔だ。どけ、風呂光」

薮が風呂光を押し退《の》け、池本を連れて入ってきた。

「久能、おまえ、料理が得意だったな」

「『きみ』が『おまえ』になりましたね。いえ、ふだんはしません。たまにカレーを作るだけです」

「果物ナイフは持ってるか。鞘《さや》がついたやつだ」

「ありますけど、ぜんぜん使わないので台所の引き出しにしまったまま……」

遮るように、薮がナイフの写真を整の前に置いた。

どこでも買える、ありふれた果物ナイフ。整が持っているのと同じものだ。しかし、その刃は赤黒く染まっていた。

「凶器が出た。おまえの指紋がべったりついた果物ナイフだ。そこに付着した血液が被害者のものと一致した」

「え……！」

驚きの声をあげたのは、整ではなく風呂光のほうである。

「何ブロックも離れたマンションのゴミ置場に捨ててたな。ところが、あそこにはうるさいばあさんがいてな。住人のゴミをチェックしてるんだよ。おまえんちの近所のコンビニの袋に入ってたが、そっちにも指紋がついてたよ」

一瞬、取調室が静まり返った。これほど明白な物的証拠があっては、この口の減らない大学生も罪を認めざるをえないだろう……と皆が確信を持つに至る直前、整が口を開いた。

「僕は、バカですか」

「なに？」

「うちにある指紋のついたナイフを使って、それを拭いもせず手袋もせず、寒河江を刺して、素手でコンビニの袋に入れて捨てたんですか」

「……そういうものなんだよ。ふつうならしないことをしちまう。タガが外れるんだ。人を殺そうってときは」

「でも、この場合、ふた通り考えられますよね。ひとつは、僕が僕のナイフを使って寒河江を殺した場合。もうひとつは、誰かが僕のナイフを盗んで、手袋でもして寒河江を殺した場合。このふたつは結果が同じになります。その違いはどうやって見分けるんですか」

「……やかましい！」

いきなり薮が机を叩きつけ、整の胸ぐらをつかんだ。

「いつまでもベラベラくっちゃべってんじゃねえぞ、物証は上がったんだ！　おまえが殺《や》った！　おまえが殺ったんだな！」

怒気も露《あら》わに整をぐいぐい締め上げる。

「もう言い逃れできねえぞ！　吐け！　吐いちまえ久能！」

任意捜査の段階で、あきらかに許容限度を超えている。

「……僕は、記憶力がけっこういいんです」

「ああ!?」

「このまま逮捕されて起訴されて裁判になったとしたら、僕はしゃべります。薮さんに何を言われ、どう手をかけられたか、一言一句違《たが》えずに言います」

万が一、自白させたとしても、強引な取り調べによる調書は証拠から排除される。

薮から忌々しげに突き放された整は、椅子を転がり落ちて尻もちをついた。

「……おまえを必ず捕まえてやる」

「だから、やってませんって」

火花を散らす整と薮を、池本と風呂光は息を詰めて見守っている。

そんな密室の緊迫した空気を破るように、ドアが開いて青砥が入ってきた。

「薮さん、令状が下りました」

「令状？」

きょとんとしている整に、薮が勝ち誇ったように言う。

「これから、おまえの家を捜索する」

「ええ!?」

　整は跳ねるように立ち上がった。

「ほう、初めてうろたえたな」

「え、だってそんないきなり、困りますよ！」

「何が困るんだ」

「何って、いろいろと、あるでしょう、いろいろと！　勝手に入らないでくださいよ！」

　薮に詰め寄って抗議する。他人に大切な物を好き勝手にさわられるなんて、想像しただけでもゾッとしてしまう。

「なんだ、押入れで大麻を栽培してるのか。ノートパソコンからやばい履歴が出るのか。楽しみだな」

　あきらめたのか、薮の口からぽんぽんと出てくる嫌味を整は黙って聞いている。

「池本、行くぞ。風呂光、運転しろ」

　薮と池本に続こうとした風呂光は、思わず整を振り返った。もの言いたげな視線を向け、振り切るように薮たちのあとを追っていく。

　ため息をつく整に、青砥が言う。

「きみ、池本や風呂光を手なずけようとしてるみたいだけど、ムダだよ。うちは薮さんが回してる」

「仕事の鬼なんですね」

「ああ。ホシを挙げるために、すべてを投げ打ってきた人だ。まさに刑事の鑑《かがみ》だよ」

「奥さんとお子さんの死に目にも会えなかったって、池本さんが言ってました」

「あいつ……」と青砥が舌打ちする。

「事故か何かですか」

「……三年前の夏、奥さんと十一歳の息子さんが轢《ひ》き逃げに遭ったんだ。だが薮さんは張り込み中で動けなかった」

「犯人は？」

「まだ捕まってない」

　この話は終わりだというように青砥は椅子を引き、整の前に座った。

「それで、きみは殺ったのかな？　久能くん」

「あの、帰らせてもらえませんか。今日、美容院の予約を入れてるんです」

　バッグを肩にかけ、出ていこうとする。

「美容院!?　それパーマなのか？」

　今回の取り調べで一番驚いた顔だ。地味に傷つく。

「天パですよ。すみませんね。ほっとくとボワボワになって爆発したみたいになるので、たまに美容院で押さえてもらうんです」

青砥は珍しそうに、整の頭をしげしげと見ている。もう放っておいてほしい。

「……そういえば僕、思い出しました」

整は気を変えて、椅子に戻った。

「寒河江を刺したときのことか」

「あなたの顔です」

今よりずっと若いし、モノクロの顔写真だったので、思い出すのに少し時間がかかってしまった。

「僕が中二の時、美容院の週刊誌で見たことがあったんです。冤罪事件でやり玉に挙げられて叩かれてましたよね」

杜撰《ずさん》な捜査の誤認逮捕だと指摘されていた。警察は誰でもいいから逮捕して、証拠はあとで固めて自白を強要し、犯罪を捏造《ねつぞう》するなどとバッシングも酷《ひど》かった。

その頃、青砥は本庁の捜査一課にいたはず。正真正銘のエリート、いわゆる〝キャリア〟警察官だったのだ。

「飛ばされたんですか」

青砥の口の端がピクリとした。

「たしか連続幼女殺害事件でしたっけ。あなたは無実の人を逮捕した」

ずけずけと言うが、整は事実を口にしたまでで、時に他意はあっても悪意はない。

「……ホントに記憶力がいいんだな」

「また冤罪をかけるんですか」

「冤罪じゃない。俺は今でもあいつが犯人だと思ってる」

青砥のひとさし指が、苛立ったようにコンコンと小刻みに机を叩く。

「ただヤツの嘘を暴けなかった。こちらの不手際だ……同じ案件では裁けないが、いつか必ずあいつを挙げてやる。きみが殺しをやってるなら、きみもだ。どんなに虚言を弄《ろう》しても、真実はひとつなんだからな」

「え？」

整は驚いた声をあげた。

「ええええっ？」

さっきの仕返しではないが、ややわざとらしい。

「真実はひとつなんて、そんなドラマみたいなセリフをホントに言う人がいるなんて」

「なに!?」

青砥は眉をひそめた。

「青砥さん、真実はひとつなんかじゃないですよ」

「何を言ってる。真実がふたつもみっつもあったら、おかしいだろうが」

「そうですか？　たとえばAとBがいたとしましょう」

①　ある時、階段でぶつかって、Bが落ちてケガをした。

②　Bは日頃からAにいじめられていて、今回もわざと落とされたのだと主張する。

③　ところがAはいじめている認識などまったくなく、遊んでいるつもりで今回もただぶつかったと言っている。

「どっちも嘘はついてません。この場合、真実ってなんですか」

「……そりゃ、Aはいじめてないんだから、Bの思い込みだけで、ただぶつかって落ちた事故だろう」

「そうですか？　本当に？」

念を押されると、青砥も断言しにくい。

「いじめていないというのは、Aが思っているだけです。その点は、Bの思い込みと同じです。人は主観でしかものを見られない。それが正しいとしか言えない。そこに一部始終を目撃したCがいたとしたら、さらに違う印象を持つかもしれない。神のような第三者がいないと見極められないんですよ」

「それは、屁理屈《へりくつ》というものだろう」

「だから戦争や紛争で、敵同士でしたこと、されたことが食い違う」

そして大勢の人が争って殺し合い、なんの罪もない人々が殺されるのだ。

「どちらも嘘をついてなくても、話を盛ってなくても、必ず食い違う。Aには Aの真実がすべてで、Bには Bの真実がすべてだ」

先ほど青砥がやっていたように、整の指が無意識に机をコンコンと叩く。

「だからね、青砥さん。真実はひとつじゃない。ふたつやみっつでもない。真実は、人の数だけあるんですよ」

整は「でも」と、まっすぐに青砥を見た。

「事実はひとつです。この場合、AとBがぶつかって、Bがケガをしたということです。警察が調べるべきは、そこです。人の真実なんかじゃない。真実とかいう、あやふやなものにとらわれるから、冤罪事件とか起こすんじゃないでしょうか」

「……おまえはいったい、なんの話をしてるんだ」

「僕は、やってません」

事実は、ひとつである。

整がまたしばらく取調室で待っていると、アパートの家宅捜索を終えた薮と池本、風呂光が戻ってきた。

「おまえのノートパソコンから、借用書のテンプレートが出てきた」

それ見たことかと言わんばかりに、薮が整の前にプリントアウトした一枚の紙を置く。

整にはまったく身に覚えのない、寒河江に宛てた、五十万円の借用書である。

「サインはしてないが、寒河江くんに金を借りるつもりだったな。それでモメたのか？

寒河江の部屋からは、複数の人間に金を貸していた証拠となる、イニシャルと金額が記されたメモが出てきたと池本が言う。

再び薮が整を追い詰める。

「人を煙に巻くのも終わりにしろ、久能。寒河江くんはたしかに、金があるのを鼻にかけた嫌なヤツだったんだろう。世間の評判は悪くないが、おまえは高校の時から嫌ってた」

「寒河江のことが苦手だったのは、明るくて人気者だったからです。鼻にかけた……というよりは、気前がよかった。貸すって感じじゃ……」

「妬みがあったのか？　うらやましかったか。女にもモテてたんだろ」

薮の誘導尋問にはうわの空で、整はぶつぶつ呟《つぶや》いている。

「いつも高価なものを親に買ってもらってて、高三の時なんか……」

そこで整は、ふと言葉を切って考え込んだ。

「どうした、久能」

薮の声も耳に入らない様子で、整は何やらじっと考えを巡らせている。

「……まあいい、今日は泊まってけ」

むろん帰宅してもいいのだが、整は腕組みをしたまま返事もしない。

とにもかくにも、整は晴れて被疑者となったわけである。


一係に戻った青砥は、ひとり窓の外を見ていた。

会社員。高校生。子連れの主婦。夕暮れの街を、帰宅する人たちが急ぎ足で歩いていく。


――真実は、人の数だけあるんですよ。

天パの言葉が頭をよぎる。

青砥は自分のデスクに座り、引き出しから古い事件のファイルを取り出した。そこには、三件の連続幼女殺害事件――通称『鍵山《かぎやま》事件』の捜査内容がびっしり記録されている。

「あ～疲れたぁ」

池本の声がして、薮たちが戻ってきた。

「どうですか、久能は」

訊きながら、青砥はさりげなくファイルをしまった。

「それが、黙っちゃって」と池本が答える。

「誰か、黙秘権について話したのか？」

「いや、まだ任意なんで……」

するとが、コーヒーをいれながら言った。

「そろそろ精神的に追い込まれてるはずだ。無駄口叩く気力もなくなったんだろ」

「吐きますかね？」

「吐かせるさ。まあ自供がなくても、これだけ証拠がそろってりゃ逮捕状は出るだろうがな」

「ですね。そろいすぎてるくらいです」

目撃者に状況証拠に物的証拠。完璧である。

しかし風呂光と池本は、何か腑に落ちないような、微妙な表情を浮かべていた。


「いよいよ決まりだなぁ」

退勤後、風呂光と駅までの道を並んで歩きながら、池本が言う。

「やっぱ、久能がやってたんだな」

「……ええ」

つかのま、沈黙が流れる。

「……俺さ、今朝、ゴミ捨てを一からやってみたんだよ」

「はい？」

「いや、まとめたゴミを持っていくだけじゃゴミ捨てとは言えないって、久能に言われて。奥さんは大変なんだーってさ」

「……それで？」

なんとなく、ふたりとも立ち止まる。

「いや、知らなかった～。俺、ホッチキスつけたまま紙を捨ててたんだわ。封筒とか小さい箱とか、ああいうのも分けるのね？　うちのゴミ箱、なんとビン缶とか入れて七つもあったよ！」

署でもゴミの分別はしているが、家のことになるとまるっきり無知だったのだ。

「今まで全部ヨメがやってくれてたんだなぁって……でさ、ゴミ袋なくなりそうだから帰りに買ってくるって言ったら、泣きだしちゃって。そんなことぐらいで喜ぶかって感じだけど、でもなんか、ヨメがうれしそうだと俺もうれしいなぁって、そう思ったわけ」

「よかったですね」と風呂光は微笑《ほほえ》んだ。

職業柄か、刑事にはひねくれた物の見方をする人間も少なくないが、奥さんは、池本のこういうところを好きになったんだろうなと思う。

「まあな」

先に歩きだした池本が、立ち止まったままの風呂光を振り返った。

「おい、どうした?」

「……私には、あの人が人を殺すようには見えないです」

自分のつま先を見つめ、ポツリと呟く。

「うーん、まあ、俺も信じらんないけど」

ふたりがそんな会話を交わしているとも知らず、当の整は、狭い仮眠室であちこちに思考を飛ばし、横になることもなく考え続けていた。


【四日目】

仮眠室から出された整は、取調室にひとり座っていた。

昨日と同じ服装なので、丸一日、時間が止まっていたかのようだ。ただ悲しいかな、天パの髪は寝ぐせも加わり昨日よりさらにボリュームアップしている。

髪をボワボワさせながら待っていると、池本が丼をのせたお盆を持って入ってきた。

「ほい、カレーそば」

整は前に置かれたカレーそばに目をやり、それから問いかけるように池本を見た。

「俺の奢《おご》り。ヨメと仲直りできたから、そのお礼」

全身全霊の厚意がこもっているだけに、なおのこと残念である。

「……好きなんだよね？　カレー」

　不服顔の整を見て、池本は怪訝《けげん》そうに言った。

「僕はたしかにカレーが好きですが、カレーライスじゃないところにカレー味があるのはイヤなんです」

「はぁ？　なんなんだよ、めんどくせえな」

　喜ばれるものと思い込んでいた池本は、好きにしろよ、と出ていこうとする。

「あ。あの。風呂光さんを呼んでもらえますか」

　その間に、カレーそばはちゃっかり食べ終えた。イヤだとは言ったが、食べないとは言っていない。

　しばらくして、風呂光が取調室に入ってきた。

「なんでしょうか」

「ちょっと確認したいんですけど、家宅捜索の時、僕のうちの台所の引き出しに、果物ナイフはありましたか？」

「ありませんでした。凶器に使われたということでしょう」

「じゃあ、玄関の鍵にピッキングやこじ開けた形跡がないかどうか。それと、大家さんが僕の留守に誰か人を入れてないかどうか。大家さんのアリバイも調べてください」

　すると、風呂光の後ろにいた池本が口を挟んだ。

「つまり、きみの家からナイフを盗んだヤツがいないかどうかってこと？」

「はい。誰かが僕に罪を着せようとしてるようなので、抵抗します。力を貸してください」

「……わかりました」

風呂光は直ちに整のアパートへ向かった。もしかしたら、整の潔白を証明する手掛かりが見つかるかもしれない……。

そんな期待は、しかしすぐに打ち砕かれた。

「玄関の鍵も窓も、何も異常ありませんでした。大家さんが無断で人を入れたこともないです。アリバイもしっかりしてました」

「そうですか……」

さして落胆した様子はなく、整が考える顔つきになる。

だが風呂光は、大家さんより濃厚な線があることに気づいていた。整は、なぜまずそこに疑問を持たなかったのか。

「あの、あなたの友達や彼女が遊びにきたときに、こっそり持っていった可能性は……」

「友達も彼女もいません。誰も遊びにきたことはないです」

風呂光と池本は同時に口を押さえた。憐《あわ》れむように整を見ている。

「なんですか。快適に生きてますけど」

しかもふたりとも、ちょっと納得しているふうなのが納得いかない。

「……残念だけど、ナイフは誰にも盗まれてないようだね」

池本が言うと、再び整は考え込んだ。風呂光もつられて考え、ふと思いつく。

「あ！」

「なんだ？」

「たとえば、鍵を落としたときに合鍵を作られたとか？」

あ、と整が顔を上げた。「え、あるの？」と池本。

「はい。一年ちょっと前です。ただ、すぐに大学の近くの交番に届いていたので事なきを得たと思っていましたが……」

「やっぱり！」

勢いづく風呂光に、池本は「いやいやいや！」と顔の前で大きく手を振った。

「たまたま鍵を拾った人が、たまたま寒河江くんを殺したいと思ってた人で、たまたまきみに罪を着せた？　しかも一年前？　ないないないないないないない」

「……そのとおりです。池本さん」

整が同意する。風呂光は落胆したが、次に整が口にしたのは予想外の言葉だった。

「たまたまじゃなかったんです」

「そんな偶然、あるわけがない。もしかしたら誰かがわざと持ち去ったとか、あるいは鍵がスられた可能性もあります」

整は身を乗り出した。

「風呂光さん、調べてください。僕の鍵を拾ったのは、誰なのか」

今度こそ、真犯人に近づけるかもしれない。

「はい！」

風呂光は力強くうなずくと、取調室を飛び出していった。


「え？」


【五日目】

外が暗いせいで、灰色にくすんだ取調室は一段と陰鬱だ。

静かな雨音を聞きながら整がひとり座っていると、足音が聞こえてきた。

横柄な感じの歩き方と、几帳面《きちょうめん》そうな歩き方。薮と青砥だ。

薮が先に入ってきた。整と睨《にら》み合う。

「……薮さん、僕は思い出したことがあります」

張り詰めた空気が漂う中、機先を制するように整は口を開いた。

「寒河江を殺したことか？　金を借りたことか？」

ドアに向かう薮は、大きな事件を解決して手柄を立てたかのように、どこか満足げに見える。

「楽しかったですか」

唐突な整の言葉に、薮は足を止めた。

「復讐は、楽しかったですか」

薮がゆっくりと振り返る。

「なんだと……？」

「聞くところによると、薮さんは刑事の仕事に命をかけて家族を顧みず、家にはほとんど帰らなかった。おそらく息子さんの行事にも、何ひとつ参加してないんでしょう。轢き逃げに遭ったときも、病院に駆けつけなかった」

「……張り込み中だったんだ」

「怖かったんですよね。死に目に会うのが。現実を見るのが怖かった……刑事としての薮さんの代わりはいくらでもいるのに、そこは無視した。それほど大事だった刑事という仕事も、復讐のためなら捨てられるんですね。復讐のためなら、時間を作れたんですか」

薮の表情が一瞬で険しくなった。

「どうやって寒河江に辿《たど》り着いたかわかりませんが、膨大な時間と努力が要ったはずです。しかもそれは仕事とは別だった。死に目に駆けつける時間はなくても、その時間は取れたんですね。なぜなら、仕事と復讐のベクトルは同じだから。あなたにとって、やり甲斐《がい》のあることだった。でも生きているときの家族に関わることには、やり甲斐を見出《みいだ》せなかったんでしょう」

静かな口調で畳みかけ、徐々に藪を追い込んでいく。

「久能……やめろ」

青砥が睨みつけるが、整は意に介さず続けた。

「藪さん、生涯で息子さんの名前を何回呼びましたか。さっき、奥さんとお子さんが喜んでくれると言ったけど、そうでしょうか？　僕が子供ならこう思う」

お父さん、なんだか楽しそうだね。あんなに忙しい忙しいって言ってたのに。刑事の仕事は何より大事で、そのためにすべてを犠牲にしてきたのに。お父さんが忙しいって言ってたのは、僕たちに会いたくなかったからで、僕たちが死んだらもう忙しくなくなったんだね。

「――って」

皆が言葉を失くし、重苦しい静寂が訪れた、その時――。

「……久能オオオォォ!!」

突然、藪が鬼のような形相で整につかみかかった。

「おまえなんかに何がわかるんだ!!」

整のシャツがはだけ、襟元から火傷《やけど》の痕のようなただれた傷跡がのぞいた。

「おまえも寒河江と一緒だ！　チャラチャラして生意気で偉そうで、親のスネかじってボンヤリ生きてるくせに！　命を削って働いたこともない、妻や子を持ったこともないおまえなんかに、何がわかるんだ!!」

「わかりませんよ」

締め上げられながらも、整は冷ややかに言った。

「薮さんの真実は、薮さんにしかわからないし、僕の真実は、僕にしかわかりません。僕はたしかに親のスネかじりで働いたこともなく、ヨメも彼女もなくボーッと生きてます。ただ、僕は子供を持ったことはないですが……子供だったことはあります」

「……っ」

最後の言葉が、薮の気をくじいた。

「親になったら忘れてしまうのかもしれませんが、僕は今、子供の立場でものを言ってます」

青砥が後ろから薮を引き離す。

「うう……ううう……！」

薮は、その場にずるずると座り込んだ。

「……薮さん、もうひとつ思い出したことがあります。その夏休み明けに寒河江が言っていたことです」

模試の成績が下がって父親に車を取り上げられたと友達にぼやいたあと、

——まあでも、部活の先輩に貸してばっかで、全然乗ってなかったからいいけどさ。

寒河江は、そう言ったのだ。

「寒河江が運転してたんでしょうか？」

不意打ちを食らったように、薮は顔を上げた。

「轢き逃げは、本当にあいつがしたんでしょうか」

「……どういうことだ」と青砥が訊ねる。

「寒河江が金を貸してたって言ってましたね。借用書が出たんですか」

「いや、メモです。イニシャルと金額だけ」

そのメモには、三万から六十万までの金額が何年にもわたって記されていたと、池本が戸口から教える。

「じゃあそれは貸してたんじゃなく、脅し取られていたのかもしれないですね。部活の先輩たちに金をせびられ、車を勝手に乗り回されてた、かもしれない」

「え……そんな噂があったんですか？」

「いえ、聞いたことはないです。寒河江は傍《はた》から見れば金持ちのボンボンで、苦労知らずに見えてた。でも、もしかしたらそれはあいつのプライドで、チャラチャラして見せてただけなのかもしれない。僕は知らない、寒河江がどんな人間か。あいつの真実はわからない」

そして、あの明るい笑顔の裏に何を隠していたのか、知る手立てはもうない。

取調室に、重苦しい沈黙が落ちた。

「……そんな……そんなわけ、あるか……」

薮が呟いたとき、勢いよくドアが開いて風呂光が飛び込んできた。

「久能さん！」

肩で息をしている風呂光に、青砥が厳しい視線を向ける。

「なんだ風呂光。どこへ行ってた」

「それが……」

「見つかったんですか？」

整は昨夜、もうひとつ風呂光に頼んでいたことがあった。

「……はい」

「何が見つかったんだ？」と青砥が訊く。

「実は久能さんに頼まれて、寒河江さんの部活の先輩という人たちに当たりました。それで、そ、その中でひとり……自分が寒河江さんの車で人を轢いたと言う人が」

その男は、驚くほどあっさり自白した。寒河江よりひとつ年上で、当時は免許とりたてだったという。

「寒河江さんが殺されたので、怖くなって自首しようかと考えていたそうです。三年前の夏、薮さんの奥さんとお子さんを轢き逃げした人です」

薮の顔が、取調室の壁と同じくらい蒼白《そうはく》になる。

「今、私と一緒に来ました。この署に来てます!」

犯人は、寒河江ではなかった。薮は復讐をやり遂げたのではない。調査不足による、完全な人違い殺人――。

「……すげえ」

池本は思わず感嘆の声を漏らした。なんと整は取調室から一歩も出ることなく、ふたつの事件を同時に解決してしまった。

愕然《がくぜん》としている薮に、整は言った。

「あなたも、いつもならここまで調べたんでしょう。タガが外れてたということでしょうか」

薮に言われた言葉をそのまま返す。辛辣なリターンボールだった。

「……遅くに生まれた子で……」

もはや打ち返す力すらなく、薮はぽつりと言った。

「こんなじいさんが参観日に行ったら、恥ずかしいだろうと思った」

その気持ちに嘘はないだろう。だが勝手な思い込みは、言い訳にしかならない。

「……そういうことも、話さないと、本人には伝わらないんです」

「そうだな……」

薮はがっくりと肩を落とした。

見ていられなくなったのか、青砥が「行きましょう」と、うなだれている薮を支えて起こす。

「薮さん、蠍座《さそりざ》ですか」

整は、薮がつけているネクタイピンを指差した。

「十一月生まれですね。ネクタイピンがトパーズだ。ネクタイの色も毎日、臙脂で、蠍座の色ですね。奥さんのプレゼントですか」

次々に言い当てられ、薮は無意識にネクタイピンに触れた。

「服の下に腹巻をしてる。足首にもウォーマーをしてる。新しいものじゃない。奥さんが用意してくれたんでしょう。奥さんはあなたの無事を祈り、身体を心配してた……あなたは、それをしてあげたことがありましたか」

整の言葉が、矢のように薮の胸に突き刺さる。

「奥さんの好きな花を、仏壇やお墓に飾ってあげてますか。お子さんの好きな食べ物を供えてあげてますか。そもそも何が好きか知ってますか。復讐じゃなく、そういうことに時間を使いましたか」

忙しい父親が一度でも授業参観に来てくれたら、息子はきっと喜んだだろう。一緒にいる時間が少なくても、父親の愛情を感じただろう。

薮の頬を涙が伝った。

「まず、それをしたらどうですか。今でも見つかるはずです。家の中に、写真の中に、おふたりの好きなものが……トパーズの語源には、〝探し始める〟という意味があるそうです」

復讐より、それこそがふたりへの供養になる。

薮はネクタイピンを握りしめ、肩を震わせて嗚咽《おえつ》を漏らしはじめた。

取調室にいる誰ひとりとして、声を発する者はいない。

静かな部屋に、老刑事のすすり泣く声だけが響いていた。


警察署の玄関を出ると、雨上がりの街に西日が射《さ》していた。

ようやく解放された整を、一係の三人が見送る。

「いやー申し訳なかったねー」

申し訳ないのひと言で済まされてはたまらないが、屈託のない池本スマイルを前にするとと文句を言う気も起きない。

「……久能。おまえいったい、なんなんだ」

　こちらは、釈然としない表情の青砥。しかし半ば強引に五日間も拘束しておいて、なんなんだもないものだ。

「ただの学生ですよ。親のスネかじりで働いたこともない。盗みをしたことも人を殺したこともないのに、こんなところに閉じ込められて尋問されて、美容院もブッチして優も取れない、カレーもちょっとしか食べてないただの学生です」

　相変わらず顔には出ないが、整が醸し出している怒りのオーラに、さすがの池本も責任を感じたようである。

「ご、ごめんねー、ホント……」

「この件を握り潰さないでくださいね、青砥さん」

　金や権力が絡むと、どこから圧力がかかるかわからない。

「当たり前だ。おまえ、性格悪いって言われないか」

　青砥はムッとして言った。

「……冤罪を作りまくる人たちに言われても」

　心外である。

「マスコミにおまえの情報は流してない。最初から、おまえがやったとは思えなかったからな」

　青砥の一存でストップをかけていたらしい。この警部は見た目より情に厚く、見た目どおりの切れ者のようだ。

「……とにかく、二度と来るな！」

　え、なんで怒鳴られるわけ？　ポカンとしている整の心を、池本が代弁する。

「青砥さん、こっちが呼んどいて、それはおかしくないですか」

　青砥は答えず、ついでのように言った。

「ああ、いちおう言っておく。昔の冤罪事件のことだが、俺は何か大きな間違いをしているのかもしれない。おまえの言うとおり、全員が嘘を言ってなくても食い違うことがある。もう一度視点を変えて、すべてを見直してみる」

「僕には関係ないです。がんばってください」

　風呂光と池本は青砥の発言に驚いているが、整はまるで興味がない。

「風呂光さん」

「は、はい」

「どうもありがとうございました」

　整は深々と頭を下げた。

「僕はもし何か罪を犯したら、あなたに捕まえてもらいます」

警察という組織はともかく、愛猫の死にも責任を感じてしまう風呂光という人間は信用できる。

「……はい」

風呂光はしっかりとうなずいた。

「それじゃ」

整は会釈をして、これ以上一秒たりともいたくないというようにそそくさと帰っていく。

「あいつ、まるで自分の父親への恨みを話してるようだったな……」

遠ざかっていくもじゃもじゃ頭を見送りながら、青砥は呟くように言った。

「久能よ、おまえもおじさんになるんだぞ」

その横で風呂光は、整の後ろ姿を見つめながら考えていた。

――パソコンに保存してある辞表のファイルを、あとでゴミ箱にドロップしよう、と。

冷たい木枯らしが、木の葉と爆発した頭を吹き散らかす。

無駄な抵抗と知りつつも、整は膨張する髪を手で押さえた。

「ああ……美容院に連絡しなきゃ。あ、授業……」

寒空の下でふーっと息を吐き、「カレーの残り、生きてるかな」と呟きながら、マフラーの中で首をすくめて家路を急いだ。

＊

【一ヶ月後】

冬はつとめて。残念ながら朝ではなくもう昼下がりであるが、本日もまた整的にカレー日和である。

「玉ねぎを炒《いた》めて炒めてー、じゃがいもはちっちゃくちっちゃく、消えてなくなるようにー」

鼻歌まじりに、手際よく作業を進めていく。

「今日は久しぶりに牛バラブロック、カレー粉をまぶしてまぶして、焼きつけてー」

この、牛肉のごろっとした存在感。コロッケやメンチも美味《おい》しいが、ビーフカレーのみに備わった王者の風格といおうか。

「混ぜて混ぜてー。よし、完成ー！」

これから外出するので、夕飯のお楽しみである。

出来上がったカレーをおたまにすくって満足げに見下ろしていると、玄関のチャイムが鳴った。

「久能くーん、大隣署の池本ですー」

近所に響き渡る能天気なデカい声。

「……はい」

嫌な予感しかしないが、仕方なくドアを開ける。

「その節はゴメンねー。殺人犯かと疑ったりしちゃってさー」

そう言うと、池本は「失礼しまーす」とズカズカ部屋に上がり込んできた。

「いやー、ちょっと訊きたいことがあってさ」

この部屋に客を迎える可能性は低いと思っていたが、初めての客が刑事とは。それはともかく、正真正銘の招かれざる客である。

「僕これから出かけるんで、手短にお願いします」

あまり時間がないのだが、池本はダウンジャケットを着たまま整の一人用コタツに座り、手まで突っ込んで暖を取りはじめた。

「うんうん、あのあと子供が生まれてさ。もー大変で」

早く帰ってくださいとたったいま遠回しに釘《くぎ》を刺したのに、まさか腰を落ち着ける気では……いやいやいくら池本でも、そこまで図々しくはないだろう。

「そう言えばそうでしたね。おめでとうございます」

キッチンに立ったまま、ちょこんと頭を下げる。

「でさあ、ヨメが毎日ピリピリしてて、いっつも俺に当たってくんのよ。女は子供産むと変わるっていうじゃん。あれホントだね。でもね、俺だって、なるべく育児に参加しようと思ってるんだよ。オムツだって替えるしね。あ、大だったら替えないけど。あ、あと、きみに言われたようにゴミ捨てもやってる。いろいろ手伝ってるつもりなんだけど、ぜんぜんわかってもらえてないっていうか。ねー、どうしたらヨメとうまくいくと思う？」

振り返り、神妙な顔で正座する。

「なんで僕に訊くんですか。僕は学生で、ヨメも子供もいませんけど」

ついでに言えば、彼女すらいない。

「いや、でもなんか言ってくれそうだから。お願いします」

両手を合わせ、期待の目で見つめてくる。整は時計をチラリと見た。余裕を持って出かけたいので、あと五分というところか。

「……僕は、たまにメジャーリーグの中継を見るんですが」

池本がうれしそうに身を乗り出す。

「うんうん、その感じ。それで？」

見下ろしながら話すのもナンなので、整もコタツの座椅子に座った。

「……メジャーリーガーや監督は、時々試合を休むんですよ。奥さんの出産はもちろん、お子さんの入学式や卒業式、家族のイベントで休むんです」

「へえ……」

「彼らは立ち会いたいんです。行かずにいられるかって感じで、行きたくて行くんです。でも、その試合の中継を見ている日本の解説者がそれについてなんて言うかというと、『ああ、奥さんが怖いんでしょうねえ……』」

ウンウンとうなずきながら、池本は真剣に聞いている。

「彼らには、メジャーリーガーが行きたくて行ってることが理解できない。なぜなら、自分はそう思ったことがないから。無理やり行かされてると考える。大切な仕事を休んでまで、と。メジャーリーガーは子供の成長に立ち会うことを父親の権利だと思い、日本の解説者たちは義務だと思ってる。そこには、天と地ほどの差があるんですよ」

思わぬ方向から指摘を受け、池本は無意識に舌で上唇を舐めた。本人に自覚はないが、困った時や都合が悪い時にする池本の癖である。

見ていた整も、意識せず舌で上唇を舐める。

「池本さんはどっちですか」

「え……ぎ、義務……かな」

「子供を産んだら女性は変わると言いましたね。当たり前です。ちょっと目を離したら死んでしまう生き物を育ててるんです。問題なのは、あなたが一緒に変わってないことです」

タイムリミットまで、あと一分。

「でも、それは強制されることではないので、池本さんの好きにしたらいいと思います。したこともしなかったことも、いずれ自分に還《かえ》ってくるだけですから」

タイムリミットまで、あと三十秒。

「池本さん、子供がお父さんに構ってほしくてグレました、なんてドラマの中だけのことですよ。実際は、ただただ無関心になっていくだけです」

タイムアップ。一言もなく黙り込んでいる池本に、今度はハッキリ告げる。

「そういうことで、お帰りください」

整は立ち上がった。そのタイミングを見計らったように、再び玄関のチャイムが鳴る。

「どうも、お、お久しぶりです。その節は、大変ご迷惑をおかけしました」

招かれざる客その二は、風呂光である。

「……どうも」

「あのー、池本さんは……」

先輩を捜しにきたらしい。無下にはできず、どうぞ、と中に招じ入れる。

風呂光は整について、遠慮がちに入ってきた。

「池本さん、何度も電話したんですよ」

「あ、悪《わり》い。携帯忘れちゃって。どうした?」

「すぐ署に戻るようにと、青砥さんが。四体目のご遺体が発見されました」

「マジか……」

池本と風呂光が、何か言いたげにエプロンを外している整を見やる。

「……なんですか」

「実は最近、イヤな連続殺人事件が起こっててさ。まだ報道には上げてないんだけど」

「えっ、僕じゃないですよ、犯人」

「いや、それはそうだろうけど、ちょっと意見が聞きたくて。そっちが本題なんだ」

「なんで僕に訊くんですか!?」

それも驚きだが、さっきのは単なる前置きだったのか。

「いやいやホラ、違う視点で見てくれそうな予感? 俺に手柄くれよ～」

池本が猫なで声ですり寄ってくる。

「僕はただの学生で、探偵でもその助手でもないんですよ」

「え、うん」

「刑事でも検事でもないし検死官でも科捜研でもないし、弁護士でも作家でも大学教授でも陰陽師《おんみょうじ》でも家政婦さんでも塀の中の有名な殺人鬼でもないんです」

遠心分離機のように舌を高速回転させて、ふたりを急き立《せ》てる。ちなみに整は、わりとテレビドラマが好きだ。

「だから帰ってください。僕もう出かけるんで」

整は急いで身支度を始めた。

「ねえ、じゃあさじゃあさ、興味が湧いたらあとで電話して」

池本はしつこく食い下がり、手帳に自分の名前と携帯番号を書いている。

「これから印象派展に行くんです」

整は、うれしそうに前売りチケットを見せた。壁に飾ってあるポストカードや本棚の画集、その他もろもろの雑貨などからもわかるように、整は美術鑑賞マニアなのである。

「久能くんの番号も教えてよ」

「書いたら帰ってくれますか？　今日が最終日なんです」

ベッドが置いてある和室で、コートをはおりながら言う。

「オッケーオッケー」

面倒になった整は、渡された池本の手帳に自分の携帯番号を走り書きした。そのあいだ、池本がチケットを持っていてくれる。

「三時までには入りたいから、二時三十五分のバスに乗らないと」

「ねえ、変だよね」

コートに負けないくらい赤い口紅を塗った唇が、への字に曲がる。彼女の後ろに座っている、文庫本を読んでいた女性も不安そうだ。

もしかしたら、バスを間違えたのかもしれない。整は運転手に確認しようと立ち上がった。

「あの、運転手さん、すみません、このバス、大隣美術館方面に……」

前方へ歩いていきかけたとき、いきなり目の前に鋭利な光る物が現れた。

「座れ」

ニット帽のチンピラ風が、ナイフを手に整の前に立ちはだかっている。それも切れ味の鋭そうな、サバイバルナイフだ。

「座れって言ってんだろ！」

一瞬にして車内の空気が凍りつく。

「おい、運転手。下手な真似《まね》すんじゃねえぞ！」

ニット帽が運転手に怒鳴った。

「はっ、はいっ」

「おまえも後ろに座れ」

革ジャンの男の襟首をつかんで後方に突き飛ばす。

「全員手を上げろ。おい、スマホに触るな！」

赤いコートの女性がビクッとして両手を上げた。こっそりスマホを操作していたらしい。

「あんた、スマホやらパソコンやら、通信できるもん全部集めてこれに入れろ」

ニット帽が革ジャンの男に袋を放り投げる。

「早くしろ！」

一同はおとなしく従った。

「これは、つまりバスジャック……」

整の口から、やっとぴったりの言葉が出てくる。

「ああ。今から、このバスを乗っ取らせてもらう」

当然、車内は静まり返ったが、整は「あの……」と上げていた右手をさらに伸ばした。

「三時までに終わりますか？」

恐る恐る訊ねると、バスジャック犯は目を剝《む》いた。

「終わるわけねえだろ!!」

最終日だから、それじゃ困るのだ。

「……じゃあ、せめて三時半……」

とことんツイてないと思いつつ、あきらめきれない整なのだった。

2

大隣警察署に置かれた特別捜査本部で、本庁の捜査員を交えて捜査会議が始まった。

「今朝、四体目のご遺体が出ました。現場はこれまでの三体と同じ雑木林です」

重い空気の中で青砥が報告する。捜査員たちも疲労の色が濃い。

「すべて生きたまま埋められたことによる窒息死。口や鼻、指の爪の中にも土がびっしり入っていました」

事件名は、酷い殺害方法そのものズバリの『大隣市　生き埋め連続殺人事件』。まだ事件については伏せられているが、のちのち情報提供してもらうため、市民の記憶に残りやすいようにつけられる。

一係からは青砥のほかに強面のベテラン佐橋《さはし》と中堅の入江《いりえ》、そして若手の池本が会議に出席している。

「最初の被害者は若い女性、次が高齢の男性、そして中年の男性、今回見つかったのが中年の女性と、被害者のタイプに一貫性がありません」

「共通項は？」

捜査本部長から質問が入る。

「今のところありません。互いに知り合いという線は出てませんし、トラブルを抱えていたという話も聞きません」

「そうか。だが連続犯の犯行には必ずなんらかの法則がある。いいか、被害者のつながりを徹底的に調べろ」

「はい！」

捜査本部長に活を入れられた捜査員たちが、ゾロゾロと部屋を出ていく。

一係の面々が廊下に出ると、菓子の包みを持った風呂光が青砥に歩み寄ってきた。

「あ、あの、お茶菓子を買ってきました」

包装紙を見た青砥が、なぜか怪訝そうに眉をひそめる。

「お、紫陽花堂《あじさい》じゃん、聞き込み行ったの？」

池本に言われて、風呂光はきょとんとした。

「聞き込み……？」

「だって、連続殺人の被害者のひとりが紫陽花堂の職人だっただろ」

「え！　そうなんですか、違います、私はお菓子を買いにいっただけで……」

「あ、そうなんだ……」

池本はきまり悪そうに口をつぐんだ。

事件に関係のある店だったのは本当に偶然で、捜査会議にも参加させてもらえないのに、聞き込みなどできるわけがない。風呂光は、思いきって願い出た。

「でも……あの、青砥さん、私も現場に連れていっていただけないでしょうか」

青砥の返事がないので、「お願いします」と頭を下げる。

「……おまえは来なくていい」

青砥は素っ気なく言い、足早に去っていった。池本たちも慌ててついていく。

だめか……風呂光はしょんぼりと肩を落とした。整のおかげで回復したヒットポイントは、雑用や使いっぱしりで瞬く間に低下し再び０に近づきつつある。このままでは、また辞表を書くはめになりそうだ。

美術館前でバスを降りて十分ほど待ったが、整は現れなかった。電話をかけても電源が入っていなかったので、チケットを買い直して美術館に入ったのだろう。

本音を言うと、風呂光はちょっぴり残念だった。悩みを打ち明けるとまではいかなくても、数分でも話ができたら……。

しかし残念ながら、池本のような厚い面の皮は持ち合わせていないのである。

風呂光の予想と違い、整は美術館どころか、困惑顔でバスに揺られていた。

しかも目の前にいるのは、可愛《かわい》いイレーヌや青い踊り子たちではなく、野獣のようなバスジャック犯である。

犯人は大きなカバンの中から布の束を取り出すと、乗客たちに大声で命じた。

「これで窓を覆え。さっさとしろ！」

皆、慌てて指示に従う。

作業が終わると、犯人は怯《おび》えている眼鏡の青年にサバイバルナイフを向けた。

「おい、おまえ」

「は、はい」

「名前と職業を言え」

「あ、淡路一平《あわじいっぺい》です！　コンビニで、アルバイトをしています」

「次、おまえ」

獰猛《どうもう》な刃先が、赤いコートの女性を指す。

「……露木《つゆき》リラ。小さい町工場の事務員です」

肝が据わっているのか、さほど取り乱した様子はない。

男は無言のまま、ナイフを革ジャンの男へ。

「坂本正雄《さかもとまさお》。職探し中だ」

「次！」

ピンクのロングコートをはおった、ゆるふわ巻き髪の女性。文庫本を読んでいた乗客だ。

「柏《かしわ》、めぐみです……主婦です」

消え入りそうな、か細い声が聞こえてきた。

ナイフが最後列の、一見して高価だとわかるスーツを着た初老の男性に向けられる。

「奈良崎幸仁《ならざきゆきひと》だ。帝国《ていこく》証券の取締役だったが、今は定年退職して毎週ボランティアに通っている」

「次、そこの色男」

「え、僕ですか」

整はビックリした。名前の代わりに用いられる呼称はもっぱら天然パーマを形容する言葉で、イケメンを表す類いの呼び方をされたことは、いまだかつてない。

「おまえじゃねえよ！」

犯人のご指名は整のすぐ後ろの席にいる、金色に揺れるサラサラ髪の男性だった。

「熊田翔《くまだしょう》。大学の研究室にいる」

名前もカッコいいではないか。

「次、ボワボワのおまえ」

やっぱり。にしても、「色男」とあまりにも差がありすぎはしないか。

「……久能整です。大学生です」

「ととのう？」

「整理整頓の整に送り仮名はなしです」

慣れっこなので、定型文がスラスラと口をついて出る。そして、つけ加えた。

「あなたの名前と、バスジャックの目的を教えてください」

「……あ？」

乗客一同はギョッとした。犯人に、しかも人一倍キレやすそうな犯人に名前と犯行動機を訊ねる人質が、どこの世界にいるというのか。

案の定、バスジャック犯は鬼の形相で整のマフラーをつかみ上げた。

「俺の名前は、犬堂《いぬどう》オトヤだ！」

オトヤの背後から、坂本がそれとなく様子を見ている。

その名前に、なぜか淡路だけがわずかに反応した。

「よく覚えとけ！」

乱暴に整を突き放す。ただでさえ凶悪面なのに、非情さが上乗せされて殺し屋めいてきた。

ヘタをしたら、あのサバイバルナイフの餌食になるかもしれない……乗客たちは、恐怖で頭が真っ白になった。

その頃、一係の自分のデスクで雑務をこなしていた風呂光のところへ、後輩の女性警官がやってきた。

「風呂光さん、今、気になる通報があったんですが……」

後輩から内容を聞いた風呂光は、ウラを取ってから青砥に報告した。

「バスジャック?」

「はい、友人から通報してくれというメールが届いたそうです。それで調べてみたんですが……どこの路線バスも問題なく運行してました。行方不明のバスもないし、とくに何も起こってないようです」

「観光バスってことは?」と池本が訊く。

「それも確認しましたが、どこも異常なしでした」

「じゃあ、ただのイタズラだろう。そんなことより、不審者の報告書をリストアップしとけ」

「……はい」

すごすごと席に戻ってため息をつく。そんな風呂光を、青砥もまた眉を曇らせて見つめていた。

リラのメールがイタズラと断定されたことを知る由もなく、整たちを乗せたバスは、憩いの森公園の無人の駐車場に停車した。

オトヤが後方ドアを開けて命じる。

「よし、ひとりずつトイレに行ってこい」

おまえもだ、と運転手に言う。

「トイレ……？」

元重役の奈良崎は怪訝な顔になった。

「ここから長くなるってこと？　どこまで連れてく気なの？」

事務員のリラが眉をひそめてささやく。

整は、ドアの向こうを窺《うかが》った。ひとけのない寂れた公園で、中央にぽつんと立っているのっぽの時計は、すでに三時半を回っている。

「ああー、もう三時半過ぎた……」

ショックで頭がバクハツしそうだ。いやもうすでにバクハツしているのだが。

「三分以内に戻ってこい。逃げるなよ。もし逃げたら、もし誰かが戻らなかったら、残り全員皆殺しだ」

オトヤはナイフで乗客をひとりひとり指しながら、

「逃げたおまえのせいで、みんなが死ぬ。おまえの責任でみんなが死ぬ。おまえがみんなを殺すんだ。いいか、それがイヤなら逃げるなよ」

罪悪感を煽《あお》って脅しをかける。軍隊や運動部でしばしば課せられる、連帯責任という謎ルールだ。

「それは違うと思います」

当然、整は口を挟んだ。

「逃げた人のせいでみんなが殺されても、それはその人のせいじゃない。あなたのせいです。ここで発生するすべての問題は、あなたのせいで起こるんです。全部あなたのせいです。あなただけが悪いんです。責任転嫁しないでくださいね」

印象派展に行き損ねた怨念をここぞとばかりに込める。

オトヤは一瞬、ポカンとした。委縮するどころか、逆に反撃に出てくるとは思いもしない。どうなることかと、一同も固唾をのんで成り行きを見守っている。

「……なんだおまえ、逃げる気か、逃げるための言い訳か！」

「逃げませんよ、そんな話されて。第一、もう印象派展には間に合わないんです。間に合ったって五分や十分じゃ全部観られないし、ショップにも行けない。ドガの踊り子のマグネットを買って冷蔵庫に貼りたかったのに……」

ネチネチネチネチ愚痴が続く。

会話のたび想像の斜め上を行くので、オトヤは早々につき合いきれないと悟ったらしい。

「おまえから行け、とっとと降りろ！」

整を睨みつけて怒鳴った。

先頭バッターの整は、バスからひとり駐車場に降り立った。公園の敷地はさほど広くはなく、いくつかの遊具と自販機、トイレがあるだけだ。

「お？」

ふと見ると、車体にカッティングシートを貼った跡がある。端っこがめくれていたので、少しだけペリッと剝がしてみた。

「なるほど、上から貼ってるのか……」

別のバスを、路線バスに偽装したらしい。見かけによらず用意周到である。

元通りに直し、とりあえずトイレで用を足して手を洗う。蛇口を閉め、ハンカチを出そうとコートのポケットに手を突っ込んだとき、指先が何かの紙に触れた。

なんだろうと取り出すと、池本の携帯番号が書かれたメモだ。

「池本さん……？」

バスに乗り遅れるかもと焦っていたから気づかなかったが、チケットと一緒に池本がポケットに押し込んだようだ。

整は急いでカバンからペンを取り出し、メモの裏にメッセージを書きつけた。

『これを見つけた人へ。僕は久能整。池本さんに連絡してください。今、バスジャックに遭って監禁されています。犯人はイヌドウオトヤ。人質は七人と運転手さん。大《おお》鳥南《とりみなみ》バスに偽装されています。ナンバーは……』

犯人はナイフを持っていて、身長は百八十センチくらい。がっちりした体形です。池本さんが出なければ、大隣署の風呂光さんに連絡してください。

思いついたことを凄《すご》い勢いで書いていく。

普通に110番してもらってもいいが、この紙を見せたほうが通りがいいと思います。どうぞよろしく——と、ご丁寧にアドバイスまで書いたら、メモの裏が字でびっしり埋まった。

「長くなっちゃった。レポート出してもいつもクドイって言われるんだよね。えーと……」

どこに隠そうか、トイレの中を見回して考える。

「犯人が確認にくるかもしれないから、目立つところはダメ。いやでも、目立たなすぎても見つけてもらえないし……どこに、どこに置けば。ああ、もう三分経《た》っちゃう、急がないと。ここでいっか……いやダメでしょ。え、じゃあ、ここ？　いやいやどこ？　うーん………」

ブツブツ呟きながら悩んだ末、トイレの外に出て、地割れしたコンクリートの破片を持ち上げてメモを挟み込んだ。

「よし！」

　整に続いて乗客たちが交替でトイレに行き、最後のひとり、主婦のめぐみがバスを降りた。

　ひとり当たり三分の予定が少しずつオーバーし、オトヤはさっきから、ナイフをキン、キンとポールに叩きつけてピリピリしている。

「整くん。きみ、面白い人だよね」

　翔が話しかけてきた。

「面白くないです。それ地毛ですか。いいですね、直毛で」

「そこ気になるとこ？　今」

「夢に見る髪ですよ」

　ありったけの羨望を込め、じいいっとサラツヤヘアを見つめる。一度でいいから『サラサラ』というオノマトペを浴びるほど聞いてみたい。

　人質とは思えない会話をしていると、めぐみが青い顔をしてバスに戻ってきた。

「遅《おせ》えんだよ、三分って言っただろうが！」

「すみません、ちょっと気分が……」

「これで全員だ。早く出発しろ！」

　オトヤが運転席に向かってイライラと怒鳴る。

「はい！」

運転手は慌ててバスを発車させた。

互いに不注意だったのだろう、憩いの森公園の駐車場から通りにバスが頭を出したとき、男性の乗ったロードバイクが突っ込んできた。

「あっ！」

運転手が間一髪、ハンドルを切る。ギリギリで衝突は避けられたものの、車体が大きく揺れ、皆の体も大きく揺れる。

よけきれずに転倒したロードバイクを残し、バスはそのまま走り去った。

「何やってんだよ！」

オトヤが般若《はんにゃ》、というよりナマハゲに近い形相で運転手に怒鳴った。

「す、すみません！」

「ふざけんな、てめえ、ぶっ殺すぞ!!」

ナイフをふりかざして運転席に突進していくオトヤに、悲鳴に近い声が飛んだ。

「や、やめてください！　殺さないで！」

めぐみである。

「なんで？」

戻ってきたオトヤが、今度はめぐみに迫る。

「なんで？　なあ、なんで殺しちゃダメなんだ？」

キンキンとポールをナイフで叩きながら、畳みかける。

「あんたに訊いてんだよ。教えてくれよ、どうしていけないんだ？」

「そ、そんなの、当たり前のことでしょう」

震えながらも、めぐみは勇気を振り絞ったようだ。

「その当たり前の理由を訊いてんだよ！」

キン、キン。耳障りな金属音が、問い詰めるように車内に響く。

「あんたはねえのか？　人を殺したり、殺したいと思ったことは？」

心が折れたように、めぐみは顔を両手で覆った。

「やめて……やめてください」

「なあ、この中で人を殺したことがあるヤツ、いるか？」

奈良崎がギクッとする。

「そんなこと、あるわけ……ないだろう……」

きっぱり否定するかと思いきや、奈良崎は後ろめたそうに口ごもった。

「あれ？　心当たりあんのか？」

「私が人を殺すはずないだろう！」

ナイフの刃先が、標的をリラに変える。

「なあ、殺しちゃいけない理由は？」

「そんなの、自分が殺されたくないからでしょ。人からされてイヤなことはするなって教わらなかった!?」

「……残された家族が悲しむから」

横から翔が静かに答えた。

「だ、だって、捕まるから。罪になるから、みんなやらないんだ」

淡路もビクビクしながら言った。

「捕まらないならやるのか、おまえ」

相手の言葉尻を捉えて、オトヤは屁理屈で攻撃してくる。

「いや……」

「おかしいじゃねえか。誰か答えろよ、どうして人を殺しちゃいけないんだ!?」

「いけないってことはないんですよ」

オトヤが、ゆっくりと整を見る。

その表情がウンザリ気味なのは伝わったが、整は気にせず続けた。

「別に、法律で決まってることでもないですから」

「はぁ？　嘘つけ、捕まるじゃねえか！」

「罰則はありますけど、『人を殺しちゃいけない』っていう法律はないです」

やっぱり面白い――翔が小さく笑む。

「なぜ人を殺しちゃいけないのか。いけなくはないんだけど、ただ、秩序のある平和で安定した社会を作るために、便宜上そうなっているだけです」

またもあらぬほうからボールが飛んできて、一同は虚を突かれた。

「な、何を言ってるんだ、きみは……」

奈良崎が皆の心を代弁する。

「だって、人殺しなんて、ひとたび戦時下になれば、いきなりオッケーってことになるんですよ。それどころか、たくさん殺したほうが誉《ほ》められるって状況になる。そんな二枚舌で語られるような、適当な話なんですよ。実際、今も殺しまくってる場所は世界中にある」

拳で座席の背をコン、コンと叩きながら、整はいつもの無表情でオトヤに言った。

「あなたもそういう所に行ったらいい。ただし、そういう所では、あなたもさくっと殺されます。『どうして人を殺し……』あたりで、もう殺されてると思います。あなたが殺されないでいるのは、ここにいるのが、秩序を重んじる側の人たちだからです。あなたは殺されないいで済んでるんですよ」

『どうして人を殺しちゃいけないんだろう』なんてわざわざ考えることもない、そういう人たちだから、今、あなたは殺されないで済んでるんですよ」

コン、コン。独自の理屈を滔々《とうとう》と語る。

「つまり、あなたは水泳大会にやってきて、棒高跳びがしたいと言ってるようなものです。大変迷惑なんです。だから、あなたは棒高跳びの大会に出たらいいんですよ。ただし、その大会はなんのルールもない、誰も順番を守らない、あなたの棒をへし折りにくる敵もいる、そんな大会です。それが、あなたの出たい大会です」

オトヤはすっかり気圧《けお》され、言葉尻を捉えるどころではない。

「ただし」

「……まだあんのかよ!?」

「もしそういう所には行きたくない、自分だけが殺す側にいたいとか思うなら、それはまた別の話です。それは単に、人より優位に立ちたいとか人を支配したいとか、つまり劣等感の裏返しでしかないからです」

オトヤの顔色がサッと変わった。

「『どうして人を殺したらいけないんだろう』なんてレベルの話じゃ、そもそもないんですよ」

「おま……おまえ、この……」

わなわなと唇を震わせたかと思うと、オトヤが整に切りかかっていく。

「ベラベラと、このヤロオォォ!!」

とっさに翔が整を引き倒し、ナイフが座席の背に突き刺さった。

た。

「あれ、ヨガボールですね」

「ええ、はい。まえに関根さんに誘われて、ちょっとだけヨガに通ってたんです。彼女はまだ続けてたんじゃないかな」

「ヨガですか……」

捜査資料にはなかった情報だ。風呂光は手帳にメモすると、最後に第三被害者の中年男性がよく通っていたというバーに足を運んだ。

「林田《はやしだ》さんは常連だったんですよね？」

「そうそう、でも最近はぜんぜん。可愛いバーテンがいるとこ見つけたみたいよ」

グラスを磨きながら白髪のバーテンダーが答える。最近は若い女性のバーテンダーも少なくない。

「別のバーですか」

「ああ。『ポンド』って店。池之崎のバス停の近く」

「池之崎……」

数時間前、まさにその停留所からバスに乗ったばかりだ。

風呂光はふと、ある事実に思い至った。

「熊田さん、さっきはありがとうございました」

整は後ろの座席を振り返って、命を助けてもらった礼を言った。

「翔でいいよ」

「……翔くん、左利きですか」

「え？　そうだけど」

「右手に時計をしてるから」

黒いコートの袖口から、アナログの腕時計がのぞいている。

翔は同じ手に天然石――エンジェライトと黒水晶のブレスレットをしているので、時計もお洒落《しゃれ》用なのかもしれない。

時計の針は、午後六時。最近は、腕時計をしている人を以前ほど見かけなくなった。整もだが、時間はスマホに教えてもらう。もっとも、すぐスマホが見られない状況もある――バスジャックの人質になって、スマホを取り上げられた場合など。

「整くん、あれはミスったの？　それとも計算？」

翔が座席の背に身を乗り出し、探るように整を見つめてきた。

「え」

「ずっと計ってたんでしょ。どこまで言って大丈夫か。どこまで言えば犯人が怒るか。ずっと観察してるよね」

「そんなことないですけど……そう思うってことは、翔くんがそれをしてるってことですね」

「……ムフ」

「ムフって」

今の棒読みの「ムフ」は、思わせぶりを表す笑い声と解釈していいのだろうか。

「……俺たち、ちょっと似てるかも」

翔はそう言って、ニコッとした。

別に嫌ではないが、どうせ似るなら髪質にしてほしかった。

どこへ向かっているのか、少し前からバスはずっと登り坂を走っている。

目張りで見えないが、もう外は真っ暗だろう。

「よし、そこでバスを止めろ」

坂本が運転手に命じた。何かが起こる——一同に緊張が走った。

「ここでバスジャックは終わりだ。全員降りてもらおう」

乗客たちが恐る恐るバスを降りる。そこはひとけのない森閑とした山の中で、暗闇の中に大きな洋館が佇《たたず》んでいた。

「ここは……？」

寒さに身震いしながら、リラが建物を見上げる。

坂本は、一同に向かって両手を広げた。

「ようこそ犬堂家へ。みなさんを我が家へ招待するよ」

整は首をかしげた。本当に奇妙なバスジャックである。

目的はわからないが、このまま家の中に監禁されたらおしまいだ。一同はとっさに逃げ道を探して周囲を見回したが、数頭のドーベルマンが繋《つな》がれていて、とても逃げられそうもない。

「どうぞ」

坂本に誘導され、一同は広々としたリビングルームに入った。

入ってすぐの壁には絵がたくさん掛けてあり、その中に一枚だけ、大きく引き伸ばされた着物姿の若い女性の写真があった。凜《りん》とした美女で、クセのない、まっすぐな長い黒髪が印象的である。

整のあとから部屋に入ってきた淡路が、ギクリとして足を止めた。写真を凝視する顔が明らかに強張《こわば》っている。

整は首をひねった。この女性の写真を前にした皆の反応が、なぜかおかしい。めぐみは後ろめたそうにしているし、リラや奈良崎もそれぞれ微妙な表情だ。

「みなさん、この写真の女性を知ってるんですか？」

「えっ、いやっ。いや、ぜんぜん！」

「見て、これ！」

いくつかある窓には板が打ちつけてあるか格子がはまっていて、脱出は不可能だ。

「出口はドアだけか!?」と奈良崎。

「そうだ、暖炉の火で火事を起こしたら、消防の人が来てくれるかも」

冷静さを欠いたリラが、非現実的な思いつきを口にする。

「そんな、ここから出られなかったら死んでしまいます」

めぐみが動揺してテーブルにぶつかり、ナッツやパンが床にこぼれ落ちた。

「あっ……」

慌てて散乱したものを拾い集めるめぐみを、運転手が手伝う。

「ありがとうございます。運転手さん、あの、お名前は……？」

「煙草森《たばこもり》です」

きれい好きなのか、食べ物のカスまで丁寧に拾い集めている。

「外に連絡できなかったんですか？」

「すみません。緊急用のボタンも無線も使えないようになっていて」

拾ったものを手に持って周囲を見回している煙草森に、「ここにゴミ箱ありますよ」

と翔が部屋の隅を指差して教える。

「あ、はい」

整は、その様子を部屋の隅から見ていた。

「ねえ、ちょっと聞いてほしいんだけど」

急にリラが声を潜め、皆の注目を集めた。

「最近市内で、連続殺人事件が起こってるの」

「連続殺人？　そんなニュース見てないぞ」

奈良崎は疑っているが、整はハタと思い当たった。おそらく、池本の言っていた「イヤな連続殺人事件」のことだろう。

「警察が極秘捜査してるのよ。実は私、ホントはジャーナリストなの」

「……へえ」

気のせいか、翔の言い方に少し棘を感じる。

「三人の遺体が次々に見つかって、全員山の中に埋められてたんだって。もしかすると、あいつらがやったんじゃない？」

「ええ!?」

「この家に監禁して、ひとりずつ埋めるつもりなのかも」

淡路とめぐみ、奈良崎の三人はリラの話に震え上がったが、翔は終始無表情だった。

一係に戻った風呂光は、ホワイトボードに貼ってある地図とにらめっこしていた。

ない場所は視界が悪く、うっかりつまずいて転んでしまった。

何につまずいたかと思えば、コンクリートの破片だ。

「痛っ、なんでこんなとこに……」

足を押さえて立ち上がろうとしたとき、風呂光の目があるものを捉えた。そばの雑草に、何か白いものが引っかかっている。

つまんでみると、それは破かれた紙片で、『禁され』と文字が書いてある。

裏返すと、『池本』の二文字がはっきりと書いてあった。

これは――風呂光は思い出した。池本が手帳に携帯番号をメモして、整のコートのポケットに押し込んだことを。

急いで署に取って返し、ウラを取ってから青砥に報告する。

「じゃあ、バスジャックが本当に起きているということか」

「はい。公園の周囲の防犯カメラを調べたところ、どこのバス会社にも登録されていないナンバーの、旧型の路線バスが見つかりました」

「だから、誰も気づかなかったのかあ」と池本。

「バスの行方は？」

「相模野《さがみの》インターを出て北上し、奥川《おくがわ》ダムの辺りで確認されたのが最後です。その先にはゴルフ場があるくらいなので、そこが目的地かと思ったんですが……その隣に犬堂家の屋敷があることがわかりました」

「イヌドウ……?」

「はい、生き埋め連続殺人の最初の被害者――犬堂愛珠《アンジュ》さんの自宅です」

「なんだと!?」

風呂光は、犬堂愛珠の写真を机に置いた。

着物を着た、長い黒髪の美しい女性である。

「これで、すべての被害者が同じ路線バスでつながりました」

青砥と池本は、半ば唖然《あぜん》として風呂光を見た。

本庁のベテラン刑事も、熟練の捜査官たちも突き止められなかった新事実である。

連続殺人事件とバスジャックにどんなつながりがあるのかはまだ判然としないが、大捕物になるのは間違いない。

「一刻も早く久能さんを助けにいかないと!」

手柄よりも、風呂光の頭の中はそのことでいっぱいだった。

どうか危険な目に遭っていませんように……印象派展のチケットを握りしめ、デスクで祈るように両手を合わせる。

そこへ、池本が駆け込んできた。

「青砥さん、準備ができました。すぐ現場に向かいましょう!」

「よし、行くぞ」

青砥が立ち上がり、池本と出口に向かう。

こんな時にも、署に残ってただやきもきしているしかないなんて……。

ひとり見送っている風呂光を、青砥が戸口で振り返った。

「行くぞ」

「え……」

「なにやってんだ。おまえも来い！」

「……は、はい！」

やったな、というように池本がニヤリとして出ていく。

風呂光はコートをつかみ、急いでふたりを追いかけた。


痩せているのに、煙草森は腹を空かせた子供のようにもぐもぐとよく食べる。

整が眺めていると、あっという間にチキンのモモを骨にした。

やがて犬堂兄弟がリビングルームに戻ってきた。

一瞬にして部屋が緊張に包まれる。連続殺人事件の話を聞いたばかりで、オトヤが手に持っているサバイバルナイフに嫌でも目がいく。

「彼女は犬堂愛珠。俺の妹だ。三ヶ月前から行方不明になった」

一同の前に立ち、ガロが写真を指して言う。

「愛珠は持病を持っていてね、医者から通ってこないと連絡があったんだ。すぐに警察に届けたが、本気で捜してくれないので自分たちで捜すことにした」

探偵を雇って足取りを調べたところ、愛珠は最後に大原交差点行きの最終バスに乗っていたことがわかった。

「運転手の話を聞くと、終点で降りたと言われた。ここにいる、みなさんと一緒に」

淡路とめぐみ、リラ、奈良崎……皆、戸惑いの表情を浮かべている。

運転手の話では、愛珠はこの中の誰かと一緒に歩いていったように見えたが、それが誰かまではわからない。そこで探偵がひとりひとり調査した結果、報告は「全員がうさんくさい」だった。

「最初は、この中の誰かと暮らしているのかと思ったが……二週間前、山に埋められた遺体が見つかった」

「え……！」

淡路が青ざめ、めぐみは口を押さえた。

「とっくに殺されていたんだ。遺体が見つかったのは三番目だったが、解剖の結果、愛珠は連続殺人の最初の被害者だとわかった」

衝撃の事実に、室内は静まり返った。ガロが話を続ける。

「誰も嘘なんて、ついていませんよ」

沈黙を破って、整がきっぱり言った。

「煙草森さん」

「……はい？」

「さっき、床に落とした食べ物を拾ってましたよね？」

「それが何か？」

「僕、それをゴミ箱に捨てると思ってたんですよ。でもあなたは、カーペットの下に押し込んだ。何度も押し込んで、そこに隠した」

ガロがわざわざ、ゴミ箱の場所を教えたにもかかわらず――。

「はい。片付けました。見えないように」

それだけではない。チキンを食べていたときも、煙草森は食べ終わった骨を皿の下に押し込んだのだ。

「子供は、そういうことがあるんです。そのものが視界から消えて見えなくなれば、その存在自体がなくなったと思う。だから嫌なものを隠して安心する。あなたが隠した金魚に、誰も気づかなかったときもきっと……」

シンと静まり返った部屋で、「まさか……」と風呂光が呟く。

「煙草森さん、あなたは人を殺したんじゃなくて、ただ片付けただけなんですよね？」

「はい、そうです。わかってもらえますか？」

煙草森は、うれしそうにニッコリした。その顔に悪びれた様子はいっさいない。

ガロはきつく歯を食いしばった。

ほかの者たちが息を詰める中、煙草森は世間話でもするように話しはじめた。

「私、いつもはちゃんと確認するんです。終点で全員降りたか、忘れ物はないか。なのにあの日はなぜか、うっかりしていて。車庫に帰る途中、信号が赤だと気づいてたまたま急ブレーキを踏んだら、あの人が……」

背後でゴン、と大きな音がした。煙草森が振り向くと、若い女性客が座席から落ちて床に倒れている。驚いて駆け寄り、呼びかけたけれど返事がない。

そのうえ女性客の顔は、死人のように青ざめていた。

「全員降りたと思ったのに、衝立《ついたて》で見えなくて。もし私のせいで気を失ったのなら、おまけにどこか怪我でもしていたら、会社に怒られます。怒られるのは嫌です。困りました。しかたがないので、いったん死体を草むらに隠してからバスを車庫に戻し、夜中に取りにいって山に埋めました。埋めたらなくなります。見えなくなればＯＫです。ところが……なぜか生き返ったんですよ」

土を固めて安堵の笑みを浮かべたとき、ふいに土の中から手が現れたのだ。

煙草森は悲鳴をあげながら、やみくもに土をかけて押さえつけた。

「もう怖くて、とにかく埋めなくちゃって思って、なんとかやり遂げました」

埋めた遺体の上に覆い被《かぶ》さり、二度と生き返ることがないよう、土に顔をつけて中の様子を窺った。

「……でも、しばらくして、思い出して。最後に押さえつけたときの、伝わってくるあの身体の震えが、気持ちよくて……。それで、またやろうと思いました。終点で、お客様がひとりだったとき、忘れ物を届けるフリをしてあとを追って、薬で気を失わせました。あとは同じです」

ニコニコしながら、自慢げに話す。押しも押されもせぬ、立派なサイコキラーだ。

連続殺人事件の真相に、全員声を失っている。

整はガロを振り返った。

「きみもわかってたんだよね？」

「……ああ。あの時、こいつ《煙草森》はこう言ったんだ」

――あんなに若い女性が生き埋めにされたなんて、あまりにもかわいそうで。

「連続殺人の情報は、極秘捜査中だからまだ関係者しか知らない」

「ええ。でも、煙草森さんは事情を知っていたんですよね？」と風呂光。

協力を頼まれたときに、犬堂ガロから聞いたのではないのか。

「僕は、妹が山の中から遺体で見つかったと言っただけだ。なのにおまえはさっき、『生き埋めにされた』と言った。なぜ生きたまま埋められたと思ったのか？　ふつうは殺してから埋めたと思うものだろう？」

殺気を漲《みなぎ》らせて煙草森に向かっていくガロの前に、整はとっさに立ちはだかった。

「僕も同じことを思ってました。ハヤさんは生き埋めとは言ってなかったから、どうしてだろうって。まあ、煙草森さんが協力してたなら知ってる可能性もあるとは思ったけど、もしそうなら、翔くん……ガロくんは、あんな反応はしないはずだよね」

『生き埋め』という言葉が煙草森の口から出たとき、翔がハッとして顔色を変えたことを、整は見逃さなかった。

ガロは苦笑した。

「……よく観察しているね」

「淡路くんが犯人だなんて、ホントは思ってなかったんでしょ」

「ああ、何か隠してると思ったから、白状させただけだ」

これで、連続殺人事件の全貌が白日の下にさらされたことになる。

青砥は、チラッと風呂光に目を走らせた。煙草森を見つめている顔は蒼白で、かすかに唇が震えている。

青砥は息をついて、自ら煙草森に歩み寄った。

「署まで、ご同行願えますか」

池本が犬堂家の三人に声をかける。

「みなさんもご同行願えますか」

「はい」

主犯のガロはもちろん、ハヤとオトヤも最初から覚悟していたようだ。

と、その時——。

「……あ、あの！　バスジャックなんて、嘘ですよっ」

突然、リラが言った。

「え？」

「私たち、バスハイク、そう、バスハイクでここまで来ました。ね？」と淡路を無理やり引っ張る。

「は、はい」

淡路に続いてめぐみも、

「そうです！　だから犬堂さんたちは何も悪いことはしてません！」

奈良崎がリラに「さすが嘘つき」と憎まれ口を叩く。だが、真相を語る気はないようだ。

ストックホルム症候群とはちょっと違うけれど、人質たちが犯人一味をかばうという予想外の展開になった。

ハヤとオトヤが顔を見合わせ、フッと柔らかい笑みを浮かべる。

「はいはい、わかりました。ぜんぶ署に行ってから話聞くんで」

池本が騒がしい一同を連れていく。

整がふと振り返ると、ガロは愛珠の写真の前に立って、何かを語りかけているかのようにじっと妹の顔を見つめていた。


明け方の山の中は、吐く息が凍りそうなほど寒い。

整はマフラーに顔を埋《うず》め、ガロと屋敷の敷地を歩いていた。

「ガロくん、きみは人質の中に交じって、みんなを観察してたんだね。それと、犯人から、犯人じゃない人を守ろうとしてたんだよね」

「……あとは警察に任せて、証拠固めしてもらうよ」

被害者は愛珠のほかにもいる。すべての事件で、煙草森が犯人だと立証してもらわなければならない。

「なんで最初から気づかなかったかな……俺たちも探偵も、運転手の言葉を疑いもなく信じた。妹はまだ生きていて、バスを降りたあとの続きがあると思い込んでいたんだろうな。だから協力を頼んで……バカすぎる」

「制服を着てる人は、ひとりの人間として認識しづらいから盲点になりがちなんです」

それに、利害関係のない行きずりの犯行ならなおさらだ。

「……どうしてバスになんか乗ったんだろうな。ふだんバスを使うような人じゃなかったのに」

「妹さんと、仲がよかったんだね」

整の言葉に、ハハッと笑い声をあげる。

「とんでもない。愛珠は小さい頃から病弱で甘やかされてたせいか、わがままで乱暴で、人を支配したがるハタ迷惑な女だった。こんなヤツ死んじまえって、何度思ったことか」

さんざん悪態をついたあと、ガロは言った。

「……でも、愛してた」

「妹さんにだったんだ。一度だけ口にした、死んじゃえって……」

ガロは答えない。その右手には、天然石のブレスレットが揺れている。

「エンジェライト。許しを願う石だよね」

この優しい水色の石は、家族を愛する石でもある。

「……整くん、きみ、人の癖を真似るとこ、あるよね。相手を怒らせるかもしれないから気をつけたほうがいい」

「え？」

「気づいてないの？　そういうのってふつう、子供が構ってほしいときにするんだけど。小さい整くんは、誰の気を引きたかったんだろうね」

今度は、整が黙る番だ。

「そろそろ、行かないと」

ガロが踵を巡らせた。これから、警察での取り調べが待っている。

「今度、うちに遊びにきてくれる？」

めったに自分から人を誘ったりしないが、ガロとなら友達になれそうな気がする。

「不起訴になったらね……あ、そうだ、印象派展、東京の次は大阪に行くらしいよ。行ってみれば」

「大阪？　……うん」

──そうだ。整は、背中を向けて歩きだしたガロに訊いた。

「ねえ、『ガロ』って、どんな字？」

ガロが立ち止まって振り返る。

「我が路《みち》」

そう言って、我路《がろ》は軽やかに笑った。

今日は誰の邪魔も入らず、カレーを皿に盛りつけるところまで漕《こ》ぎつけた。

「うん、いい感じ。今日はコロッケカレーにするよー」

冷凍食品のコロッケを無事カレーの上に載せてテーブルにつき、満足げに笑みを浮かべていると、狙いすましたようにスマホが鳴った。

着信画面を見ると、風呂光である。

しばらく音沙汰がなかったのに……嫌な予感がしつつ、電話に出る。

「すみません！　じつは久能さんに助けていただきたいことがあって」

いつになく威勢のいい声で、鼓膜が破れそうになる。

「昨日、品川《しながわ》区で爆破予告事件があったの知ってますか？」

「ええ」

「品川区にある三十二階建の建物を、午後三時三十分に爆破するっていう予告文と暗号が、ある闇サイトにアップされてたんです」

「暗号？」

それは迷路のような図の上に、アルファベットがランダムに置かれたものだという。

警察はその暗号を解くことはできなかったものの、区内に三十二階建のビルがひとつしかなかったので、建物はすぐに特定できた。

「ただ、爆弾が仕掛けられた場所まではわからなくて苦労したようですが……『江戸《えど》川《がわ》』って居酒屋で見つかって、なんとか無事に解除できたそうです」

「間に合ってよかったじゃないですか」

長くなりそうだ。スマホをスピーカーにして、スプーンを取り手を合わせる。

「はい、そうなんですが……今日また、爆破予告文と暗号がアップされてたんです。今度はうちの管轄で」

「えっ⁉」

「大隣市の地上十八階、地下三階建の建物を午後三時三十分に爆破するって。条件に合う建物は市内に二箇所あるので、今、品川南署と合同で捜索してるところです」

ビルから人を避難させ、警察官が手分けして爆弾の在処《ありか》を探しているという。パトカーや消防車も出動しているだろうから、周辺はさぞや騒然となっていることだろう。

「暗号を解くことができれば、爆弾が建物内のどこに仕掛けられているのか特定できるんじゃないかと思って」

「……あの、何度も言うようですけど、僕はただの学生です。暗号の専門家でもなんでもありませんけど」

果たせるかな、カレーは冷めつつある。冷蔵庫で一晩寝かせた冷たいカレーを好む

「すごい……なんでも知ってるんですね」

「心理学の授業で教授の天達《あまたつ》先生が話していたんです」

「天達先生……」

　この整の師だなんて、きっとすごい人なんだろう。

　整は立ち上がり、ホワイトボードの空白に『DADITISI』と書き込んだ。

「なんですか？」

「ユナボマーが新聞社に送った暗号のひとつです。『Dad it is I』」

「……『お父さん、僕だ』……？」

「逆から読むと、『Is it I? Dad』、『僕か？　父さん』。これを読むと、彼が過去のトラウマから救ってほしいと訴えているように思えるんですよね」

「暗号を送った意味……」

「だから僕は、〝どこに〟よりも、〝なんで〟が気になります」

「なんで……」と呟いて、風呂光はハッとした。「いやいや、今は〝どこに〟が先です。急がないと」

「一回目の答えは、わかったかもしれません」

「はい。えっ、わかったんですか!?」

　サラリと言うので、一瞬、そのまま流しそうになった。

「爆弾が仕掛けられていたお店は『江戸川』でした」

整は、一回目の爆破予告文の暗号『KTAOGOURKE』から、『KUROTOKAGE』という単語をホワイトボードに書き出した。

「そして、暗号を並べ替えると、『黒蜥蜴《くろとかげ》』という小説のタイトルになりました。そして、それを書いた作家の名前は〝江戸川乱歩《えどがわらんぽ》〟」

「江戸川……」

急いでネットで調べる。あった。江戸川乱歩作、『黒蜥蜴』。

「そう。爆弾が仕掛けられた場所と名前が同じです。ただこれは、先に名前がわかっていたからこその結論で、今回の暗号に通じる法則か確信は持てません。偶然かもしれないし」

「でも、ぴったり合致しますね。暗号は小説のタイトルを示していて、仕掛けられた場所は、それを書いた作家の名前……ってことは」

風呂光の肩に力が入る。その時、警察無線がスピーカーで流れてきた。

『マル対の建物内二十階宝石店『Queen』内にて、爆発物を発見。これから解除作業にあたる』

「……え。見つかったの……？」

風呂光はポカンとした。

なんと、暗号を解読する前に、事件は解決してしまったのである。

整はパチパチと手を叩いた。

その後、時限爆弾が無事に解除されたという報も入り、風呂光はすっかり恐縮した。

「わざわざ来てもらったのに……なんかすみません」

「いえいえ。誰も怪我せず解決できて、本当によかったです」

「ちなみに、二回目の爆弾は『Ｑｕｅｅｎ』ってお店で発見されたそうですけど、クイーンって名前の作家います？」

「エラリー・クイーンという推理作家が」

「それだ。きっとそれですよ」

風呂光は急いでノートパソコンの前に行き、検索エンジンに〝エラリー・クイーン〟〝作品履歴〟と入力してクリックする。

「え……、どれだろう」

思いのほか作品数が多い。

「あっ、『Ｙの悲劇』!?」

『ＮＩＩＫＹＯＨＥＧ』を並べ替えて、『Ｙ　ＮＯ　ＨＩＧＥＫＩ』。

「すごい！　やっぱり仕掛けられた場所は作家の名前ですよ！　さすがです、久能さん」

「……いやあ、でも――」

「タイミングはちょっとズレちゃいましたけど、すごく勉強になりました。ホントありがとうございます」

　忘れないように、法則性を手帳に書き留める。

　そのあいだ、整はホワイトボードの暗号をじっと見つめていた。


「青砥さん、新たな予告文と暗号がアップされました！」

　翌日、風呂光がノートパソコンを抱え、慌ただしく会議室に入ってきた。

「……やっぱり、来たか」

　青砥の推理は的中した。これで三日連続である。

「マジかよー。今度はどこだ？」

　池本たちも青砥のもとに集まって、長机に置いたパソコンの画面を覗き込む。

人生最悪の思い出の場所
墨田《すみだ》区の三階建の建物を
十二月十九日午後三時三十分に爆破する

「病院……救急車呼びますから。いやっ、警察かな──」

「やめろ！」

男の語気が荒くなった。

「でも……」

「やめろ！　救急車も警察もやめてくれ……」

「……はい」

思い詰めた男の声と表情に、整は電話しようとしていた手を止めた。

しかたなく整も、男とテーブルを挟んだ反対側のベンチに座る。

その頃、墨田区のとある三階建の建物の棚に置かれた時限爆弾は、刻々と残り時間を刻んでいた。

風呂光は取調室にこもり、ホワイトボードの上でひたすら暗号のアルファベットを並べ替えていた。

「こんなの無理だって……」

組み合わせは無数にあるのに、残された時間はもうあとわずかだ。

ホワイトボードのアルファベットを消そうとして、風呂光は手を止めた。

「SATSUJIN……」

たまたま残ったアルファベットがそう読める。ホワイトボードに目を走らせると、ほかにABCの文字があった。

「ABC……殺人……？」

パッと閃《ひらめ》くものがあった。急いでアルファベットを消して、もうひとつ単語を作ってみる。

「JIKEN。『SATSUJIN JIKEN』。さ・つ・じ・ん・じ・け・ん。『ABC殺人事件』？」

急いでノートパソコンの前に移動し、〝ABC殺人事件〟〝作者〟と入力して検索する。

「……アガサ・クリスティ！」

見つけた！　椅子を蹴って取調室を飛び出していく。

時計は、午後一時四十五分を指していた。

男は疲れたようにベンチに座り、木のテーブルに指で三角形を描きはじめた。

なぜか黒く汚れている男の指先を見つめていた整の指が、シンクロするようにテーブルに三角形を作り出す。

――整くん、きみ、人の癖を真似るとこ、あるよね。相手を怒らせるかもしれないから気をつけたほうがいい。

我路の言葉を思い出し、整はパッと両手をあげた。

ガゼボの屋根を叩く雨の音。激しくなった川の流れ。男は座ったまま、うなだれている。整の口が開かないわけがない。

「ぜんぜん止《や》みそうにないですね、雨。ちょっとまえのテレビドラマで、『どうして曇ってると天気悪いって言うんですかね』ってセリフがあって。雨の日もそうですよね。なんかハッとして、なるほどなあって。……あ、カルテットの話でしたけど」

「音楽なら、ワルツが好きだ」

「……そうですか。その髪、天パですか？　雨の日になると、ボワボワになりませんか？」

「さあ……きみ、何が言いたいの？」

「いえ、別に。ただ話していたら、何か思い出すかと思って……ウザいですかね」

いちおう確認してみる。

「……話せ」

整の顔が輝いて勢いよくしゃべりだす。

「僕、わりと最近まで思ってたんですよ。雨って新しい水が降ってくるんだって。でも、実際は、蒸発した水が戻ってきてるだけで、ずっと同じ水が循環してるんですよね。地球の水の絶対量は増えも減りもしてないのかなあ……それってけっこう不安になる」

「水素と酸素で水を作れば、それは新しい水なんじゃないか？　ああ、でもその水素を取り出すには化石燃料と水蒸気、水から……本末転倒か。新しくはないのか。酸素で水を作るには火が必要で……」

「うっかりすると大爆発」

そこで妙な間が空いた。

「……爆発」

男はボソッと繰り返し、自分の時計に目を落とした。

「そういうことは覚えてるんですね。……あの、携帯とかスマホは持ってないんですか？」

男は躊躇なくコートのポケットをまさぐった。

「……ない」

「ポケットを探したってことは、いつもそこに入れてるんですね」

「携帯……携帯……携帯のリチウム電池は、粗悪品だと発火することがある」

そう言いながら、男はしきりに汚れた指で三角形を描く。

「それと原爆にリチウムがからむと、出来るのが水素爆弾。水爆ってゴジラを作ったやつな。最近のゴジラって全長三百メートルあるらしい」

記憶喪失と言いながら、なんでもよく覚えているみたいだ。

「爆弾……爆弾？」

そう言いながら、男はまた時計をじっと見つめる。

「どうしました？」

「どこかに時限爆弾を仕掛けた……ような気がする……」

「はあ!?　なんですかそれ、そんな気がするってなんですか!?」

想定外にもほどがある。

「……気のせいかな？」とトボけたように整を見る。

「いや爆弾が気のせいっておかしいでしょ？」

「それを見にいこうとしてたのかな？」

そんな無邪気に訊かれても。

「ちょっと待ってくださいよ、なんで？　なんで人生で爆弾なんか仕掛けることがあるんですか！」

整は思わず立ち上がった。

「さあ……」

まるで他人事《ひとごと》だ。その時、整はハタと思い当たった。

「……もしかして、一昨日と昨日の爆弾もあなたが？　そうなんですか!?」

「……そんな……気がする」

そんな気がするって。整はぽかーんと口を開け、さすがに言葉が出てこなかった。


「ご苦労さまです！」

風呂光が到着したとき、池本やほかの捜査員たちが、すでに喫茶『クリスティ』の捜索に取りかかっていた。

「おい！　こんなとこに本当にあんのかよ？」

厨房《ちゅうぼう》、フロア、トイレ。テーブルや椅子の裏側はもちろん、植木鉢の中、流しの排水口まで探したが、とくに何も見つからなかった。

「三階建だし、名前も『クリスティ』で、ちゃんと条件に合ってます！」

「でも爆弾、どこにもないぞ。解き方、間違ってないか？」

「だって、一回目が『黒蜥蜴』で『江戸川』、二回目は『Yの悲劇』で『Ｑｕｅｅｎ』ですよ？　その法則で考えると――」

「いやバーナビー・ロスだぞ。『Yの悲劇』書いたの」

風呂光が話しているあいだに、スマホで検索してみたらしい。

「わかってます。エラリー・クイーンの別名ですよね」

整は、じっと男の目を覗き込んで言った。

「なぜ、ですか？」

「……なぜだろう」

その声音に不敵な響きがある。

「……ぜんぶ、思い出したんですね？」

整は気づいていた。指輪を見た男の表情が変わり、目が生気を取り戻したことに。

「どうだろうね」

男の指が、再び三角形を描きだす。

「ああ、別に大勢死んでも、あんたに責任はないよ」

男の指を見ながら考えを巡らせていた整は、ふいに言った。

「……今日、あなたが乗ろうとした地下鉄は銀座《ぎんざ》線ですか？」

男が驚いたように整を見る。

「あなたが爆弾を仕掛けたであろう場所が、わかりました」

爆破予告の時間まで、もう一時間を切っている。整は急いで風呂光に電話をかけた。

「久能さん、大丈夫ですか？」

慌てた声。風呂光も池本も気が気でないだろう。

「風呂光さん、今から言う場所に行ってください。そこに爆弾が仕掛けられてると思います。そこにいる人たち全員の避難を」

「……わかりました！」

場所を聞いた風呂光は、大きくハンドルを切って車をUターンさせた。

残り四十八分。間に合ってくれるといいけど……整は電話を切って息をついた。

「なんで……？」

男は驚きを通り越して、呆然とした顔だ。

「……あなたは、ずっと〝三〟の話ばかりしていた。『山賊雨』というのは『三束雨《みつかあめ》』からきてる言葉です」

四重奏のカルテットには興味がなく、三拍子のワルツが好き。

二つの水素とひとつの酸素を合わせた三つで水ができる。

リチウムの原子番号は3。

「時計を三十分進めてて、三好達治が大好き。三社祭に、三百メートルのゴジラ、東京タワーも三百三十三メートル」

「それが……？」

まだ記憶が戻っていないとき、男は電車——地下鉄に乗るつもりだった気がすると言った。

「東京の地下鉄3号線は銀座線。あなたは、それに乗って爆発の瞬間を見にいこうとしてたんです。じゃあ、それはどこなのか？　あなたは子供の頃、浅草《あさくさ》の三社祭には『行った』と表現し、東京タワーには『連れていってもらった』と表現した。つまり子供の頃、浅草には近く、東京タワーは遠い場所にいた」

そこは間違いなく、〝三〟に関係するところだ。頭の中に広げた浅草周辺の地図の上をドローンのように動き回り、整は答えを見つけた。

浅草駅から隅田川《すみだがわ》を渡った、向島《むこうじま》のほう。そこに、雨乞いで有名な三囲《みめぐり》神社がある。

「珍しい三角石鳥居《さんかくいしとりい》があって、三井《みつい》家の守護神で、三越のライオン像があるそうです。あなたが学校をサボって行ってたのは、そこですか？」

社務所の軒下にぽつんと座っている、少年時代の男の姿が見えるようだ。

その三囲神社にほど近い牛嶋《うしじま》神社には、大きな鳥居の両脇に小さな鳥居がついている三輪鳥居《みわのとりい》がある。狛犬《こまいぬ》の代わりに牛の像が置かれていることでも有名だ。

「牛へのこだわりは、そこからですか？」

男は『大阿蘇』の詩を朗読したとき、馬と牛を間違えた。整がそれを指摘すると、牛もいるんじゃないかとやけに食い下がった。

「そして、その近くに、あなたの通った小学校があるはずです。あなたが爆弾を仕掛けたのは、最悪の思い出の報いを受けるべきところ……その母校だと思います」

ぐうの音も出ないほど根拠を突きつけられた男は、無表情で黙り込んでいる。

その時、スマホの着信音が沈黙を破った。

風呂光からだ。

「久能さん！　ありました！　久能さんの言うとおり、神社のすぐ横に花輪《はなわ》小学校っていう学校がありました！」

「やっぱり……」

「でも、校舎が広くて、爆弾がどこにあるのかわかりません。でも、もう時間が、あ あ、どうしたら……」

整は男を見て、ハッと思い出した。

「暗号は？　また予告があったんですよね？　僕に暗号を送ってください」

「え、えーと……暗号はー……」

風呂光は躊躇している。すると池本が、そばで「送れ！　もう時間がない！」と即断してくれた。

「は、はいっ。久能さん、すぐ送ります！」

すぐに暗号文の画像が添付されて送られてきた。例によって、迷路のような図の上にランダムにアルファベットが散らばっている。

「――わかりました。たぶん、爆弾が仕掛けてある場所は……」

5

如月亭でポテトサラダを食べ、今頃は自宅でのんびりコタツに入って読みかけの本を読んでいるはずが、整はストレッチャーに乗せられ、大隣総合病院に運び込まれていた。

「あの、僕、大丈夫です。どこもなんともないし、痛くもありません。ぜんぜん元気です。あの、頭も打ってないと思う……」

土手を転げ落ちて頭を打ったかもしれないと、風呂光が救急車を呼んでしまったのだ。

「思う？　覚えてないということですか？」

「いやいやいや！　覚えてます。ハッキリくっきり覚えてます！　それに、めまいも吐き気もありません。頭より……そうだ、なんと言うか胸から落ちたというか、滑ったというか」

「じゃあ、頭部と胸部も検査しましょう」

「えええ!?」

言えば言うほど、裏目に出てしまうのであった。

署に戻った風呂光はパソコンに向かい、爆破未遂犯・三船三千夫の報告書を作成していた。

ふと、その手が止まる。久能さん、どこにも異常はなかっただろうか――。

「あのもじゃもじゃ頭は大丈夫なのか？」

そんな風呂光の頭の中を見透かしたように、青砥が言った。

「外傷はとくになかったのですが、今日、念のため入院して精密検査を受けたそうです」

医師の話では、最低二十四時間は様子を見るということだった。

「あれ、青砥さん、この前までパーマ頭って呼んでたのに」

池本がニヤニヤする。

「それがなんだ」

「いや、もじゃもじゃ頭のほうが、なんか距離感縮まった感じしますよね」

「ぜんぜんしない」

食い気味に否定される。

「……でも、あんなに警察に貢献してくれてる市民はいないですよ。入院費くらい負担してあげてもいいんじゃないっすか？」

整がいなかったら最悪の場合、死人が出ていたかもしれない。本当なら、警察協力章を授与されてもいいくらいだ。

「……手続きしてやれ」

すでに用意していたらしく、青砥がぶっきらぼうに書類を池本に渡そうとする。

「あ、私行きます」

堂々と整に会える絶好のチャンス。風呂光は跳ねるように立ち上がった。

頭部のCTと胸のレントゲンのほか、血液検査までされてしまった。

帰宅を許可されなかった整は病室に連れていかれ、十八時に配膳された夕食をぺろりと完食した。

空腹だったせいもあるかもしれないが、味気ない病院食のイメージはなく、どれも美味しい……普通食を食べられない、制限のある患者の食事はまた別だろうが。

パジャマは検査着をそのまま借りることにして、歯ブラシや洗面道具など一泊の入院に最低限必要なものを売店で買い求めた。

こういう時、ひとり暮らしは不便である。整のような（頼りにできる友人や彼女もいない）入院患者のために日額定額制の入院レンタルセットもあったが、コップやバスタオルは必要ないのでやめておいた。

「はあ〜……」

病室に戻り、歯磨きと洗顔を済ませてベッドに入ると、どっと疲れが出た。

──やれやれ、とんだ一日だった……。

病室は六人部屋で、幸いほかに入院患者はいない。整は、出入り口から二番めのベッドをあてがわれた。

「……ん？」

ベッドサイドの床頭台に、見覚えのない紙袋が置いてある。

「え、なに？」

整が売店に行っている間に、誰かが置いていったのだろうか。

箱には配送伝票がついていて、『お届け先・久能整様』『ご依頼主・同上』となっている。むろん、身に覚えはない。手に取ってみると、さほど重くないので爆発物などではなさそうだ。

覗き込むように袋を開けると、なんと真っ赤な薔薇《ばら》のプリザーブドフラワーの箱だった。

いったい誰が……フタを開け、箱の中に添えられていた手紙を開けてみる。

『整くんへ

入院したと聞いたのでお見舞いです
またいつか会いたいな
下手の横好きレベルより』

手書きの文字で、そう書いてあった。

「我路くん……!?」

最後の一行、完全に根に持っている。

「そしたら、また何か入ってるんじゃ……人の指とか」

冷凍便でアパートに送られてきた、切断された煙草森の右手を思い出す。

戦々恐々としながらプリザーブドフラワーの中を確認すると、花の間に、銀色の丸い小さなものが置いてある。

花を傷つけないようそっと指先でつまもうとしたら、滑って床に落としてしまった。

ベッドから乗り出して下を覗き込み、転がっていくそれを目で追う。

「失礼します」

そこへ風呂光が現れ、整を見てギョッとした。

「だ、大丈夫ですか、久能さん? その動き、なんですか?」

頭のてっぺんから落下したような、アクロバティックな体勢なのである。

「僕、小さいものを落としたときは慌てず騒がず、まずどこまで転がったか、どこで停止したか、しっかりと見届けることにしてるんです。見失うと捜すのが大変ですからね」

　よし、と整はベッドから降り、這いつくばるようにベッドの下に手を伸ばして転がったものを拾い上げた。

「……指輪!?」

　それはレトロなデザインの指輪で、瑠璃色の石――ラピスラズリがついている。乙女座の誕生石なのに、指輪の内側には、弓矢を表す射手座のマークが刻印されていた。

　指輪となれば、一般的に特別な相手に贈るものである。

　送り主を知らない風呂光が気もそぞろに視線を泳がすと、床頭台にプリザーブドフラワーと手紙が置いてあるではないか。手紙は半開きになっていて、『またいつか会いたいな』という意味深な文章がチラリと見えた。

　風呂光の視線に気づいた整が、慌てて手紙を隠す。

「あの、今日はどうされたんですか?」

「……あ、いや、これなんですけど」

　風呂光は平静を装い、カバンからペンと書類を取り出した。

「入院費はこちらで支払いますので、ここに署名していただけますか」

整がペンと書類を受け取り、ベッドテーブルで署名する。

「いろいろありがとうございます」

「いえ、こちらこそご迷惑をおかけしてしまって……。ありがとうございます。では、これで」

「えっ……」

風呂光は整から書類を受け取ると、風のように去ってしまった。


三船も牡羊座のマークがついた指輪をつけていたが、偶然だろうか。

整の星座は魚座だし、なんのために送られてきたのか皆目見当がつかない。

整はベッドに身を起こし、ラピスラズリの指輪をしげしげと見ていた。夜空のように輝く、深い藍色。紀元前から人類を魅了してきた聖なる宝石——。

「消灯の時間でーす。何かあったら、枕元にあるナースコールを押してくださいね」

夜勤の看護師がドアから顔を出し、整に声をかけていく。

「はい、わかりました」

灯《あか》りが消え、病室は静まり返った。

ポテトサラダを食べたらすぐ帰るつもりだったので、文庫本の一冊も持っていない。

そうだ、明後日《あさって》が締め切りのレポートがあった。その教授の著作も読んでおこうと思っていたのに……。

しかし、じたばたしてもしかたがない。整に今、できることは寝ることだけだ。

「……ほかの人がいなくてよかった。同じ部屋に人がいたら眠れなくなるもん」

不幸中の幸いである。布団に潜り込んだ整の独り言に応えるように、左隣との仕切りのカーテンの向こうでガサッと物音がした。

「えっ」

──誰かいる!?

今の今まで、人の気配はまったく感じられなかったのに。

思わず手を伸ばしてカーテンを開くと、老年の男性がベッドの上で本を読んでいた。

「……あ、あっすみません、誰もいないと思って」

いくつぐらいだろうか、ほとんど白くなって生え際が後退しつつある髪と眉毛、顔や手の甲には老人斑がちらほら。床頭台の吸い飲みや洗面器、ノートの類いなどを見ると、入院生活は長そうだ。

「あの、隣に入りました、久能整といいます」

ベッドの上で居住まいを正し、丁寧に頭を下げる。

「面白《おもしれ》ぇ名前だな。俺は牛田悟郎《うしだごろう》だ」

首にマフラーを巻き、はんてんを着ているところなど、妙に親近感を覚える。

それに、

「……その本」

牛田が読んでいる本は、整の愛読書でもある『自省録』だ。

「マルクス・アウレーリウスですね。十六代ローマ皇帝で、軍事よりも学問を好んだと言われてる」

牛田は、へえっという顔になった。

「今時の若い人はこういうの読むのかい。実は、これ入院してる女の子からもらったんだ。自分は丸暗記してるからって」

「丸暗記!?」

「あれだね、ローマ時代の皇帝の悩みも、俺たちとたいして変わらねえな。死についての話が多くて面白い」

そう言うと、牛田は開いたページに目を落とした。

「『死は自然』……なかなかこの境地には達せられんが」

「僕は『あたかも一万年も生きるかのように行動するな』というくだりがドキッとして、肝に銘じようと思ってます」

「人生は短いからな。この病院でも毎日誰かが死んでる」

そう言うと、恐怖を煽《あお》るように声を潜めた。

「な、ここ。出るらしいぞ」

「幽霊ですか？　僕は見ないので」

整を脅かそうと思っていたらしいが、当てが外れた牛田は苦笑した。

「あの世とか信じねえか」

「僕は死んだら何もなくなるんだと思ってます。眠るのと同じ感じで、ただ夢も見ないし、二度と起きない」

織田信長《おだのぶなが》も、死んだら無になるだけだと言っている。

「何もかもなくなる。つらいのも苦しいのも恨みもなくなる。ちょっと悔しいけど、そうだったらいいなと思うし……そうあって欲しいです」

意識や記憶を持ったまま天国や地獄に行くなんて面白すぎる。記憶がなければ自分ではなくなるし、そうなったらもうどうでもいいことだ。

「悔しいか」

牛田が真顔になる。

「……なあ、あんたのところに見舞いにきた若いの、刑事だろ？」

「え……」

「俺もそうだったから、わかるんだよ」

「ええっ！」

ひと癖ありそうな老人とは思ったが、まさか刑事だったとは。

「ま、定年退職して久しいけどな。そうだ、面白かった事件の話でもしてやろうか?」

「いえ、結構です」

丁重にお断りする。

「老人の繰り言に付き合え」

「結構です」

正直、今日はもう事件のじの字も聞きたくない。

「いろんな事件があったわ。詐欺事件、洗脳騒ぎ、連続殺人……」

「だから結構です」

最大限に拒絶のニュアンスを込めたにもかかわらず、牛田は勝手に話しはじめた。

「あれは、春だったか。立て続けに三人が殺される事件があった。場所も手口もバラバラで、被害者たちに共通項はなし。目撃者も物証も何もなかったから、それぞれ別の事件だと思われてたんだ」

殺人事件を捜査するのだから、花形部署である捜査一課の刑事だったのだろう。

こうなったら大人しく拝聴して、さっさと話を終わらせてもらうしかない。

「ところが四人目のコロシがあったとき、初めての物証が出た」

牛田は、相棒の刑事・霜鳥信次《しもとりしんじ》と事件現場に臨場した。

「現場に落ちていた数本の髪の毛は、前科のあるAという男のものだった──」

そこで、事件は新しい展開を迎えた。

「この男、これまでに殺された三人の被害者と全員つながりがありました。しかも三人が死んだことで、どのケースでも利益を得ています」

霜鳥がホワイトボードに貼った容疑者Aの写真が、それぞれ撲殺、射殺、絞殺、刺殺された四人の被害者たちと線で結ばれる。

「間違いない。そいつがホンボシだ！」

確信した牛田と霜鳥はきつく取り調べたが、Aはやっていないの一点張りだ。

「なかなか口を割んねえな。しぶてえ野郎だ」

休息を取るため取調室の廊下に出た牛田は、相棒に言った。

霜鳥は愛用のボールペンをカチカチ鳴らしながら、手帳のメモを見てしきりに首をひねっている。

「どうした？」

「いや……三人の被害者とは接点があったのに、最後の被害者だけ、毛髪以外なんのつながりも出てこない。それって変じゃないですか？」

しかし、ふたりともいずれ証拠は出てくるものと高を括《くく》っていた。

「――さて、そこで問題です」

「問題!?」

「実際、Aは無実だった。この事件、どんな真相が考えられると思うかな」

突然話を振られて面食らったが、整は少し考えてから、律儀に答えた。

「えーと、Bという人物がいたとします」

「ん？　どっから出たB？」

「Bには殺したい人間がいました。でも自分は疑われたくない。そこで前科のあるAを見つけて、罪をなすりつけようと考えた」

まず、Aにとって邪魔な人間を三人選んで殺す。そして四人めにB本人が殺したかった人物を殺し、最後にAの髪の毛を遺体のそばに置く。

「結果、四人の殺人でAが捕まるというケースが考えられます」

牛田は整をじーっと凝視して、ふんと鼻を鳴らした。

「……つまんね。そのとおりだ。ホンボシBはAが通っている店の美容師だった」

カットした髪の毛から、偽装に使えそうなものを集めておいたのである。

「じゃあ、二問め」

「え！　二問め!?」

勘弁してほしい。老人の酔狂につき合うほどヒマじゃないし、ぜんぜん面白い話じゃないじゃないか！


一係に戻った風呂光は、自分の席に座ってパソコンに向かっていた——が、ついぼんやりと頬杖《ほおづえ》をついてしまう。

「久能くん、どうだった？」

後ろを通りかかった池本が訊いてくる。

「……あ、元気そうでしたよ」

「そっかー。明日も行くの？」

「え、な、なんでですか」

「だって、まだ手続きしてないんだろ」

デスクの上の、未提出のままの書類を指す。もう病院の受付が閉まっていて、手続きができなかったのだ。

「ああ……はい、そうですね」

一瞬、池本に心を見透かされたのかと思ったが、風呂光はホッとした。

「どうせなら花でも持ってってやれば？　見舞いにくる友達も彼女もいないなんて、

寂しいだろうからさ」

よけいなお世話である。

「……間に合ってると思います」

「え」

「お花。届いてましたから」

露骨に驚いて池本が寄ってくる。

「誰から!?」

「さあ。たぶん、彼女じゃないですか」

「ええ？　あの久能くんに？　ないないないないない！」

だいぶ失礼である。

「でも指輪も入ってましたし。絶対そうですよ」

すると、池本はダボハゼなみに食いついてきた。

「マジ!?　嘘だろ、えー、気になるわー。ちょっと確認してきてよ」

「い、いやですよ」

「なんでよ、ホントに彼女なのか、おまえだって気になるだろー？」

というより、仕事が手につかないほど気になっている風呂光だった。

牛田の話は続いていた。

「たしかあれは、寒い日だった……」

「あの、僕、眠くなってきちゃったんですけど……」

当然のようにスルーされる。

「通り魔殺人があったんだよ。路上で女が刺され、その女の血を踏んだ靴跡があった」

警察用語で、ゲソ痕というやつだ。

「何人か容疑者は挙がったが、凶器をはじめ物証がまったく出ねえ。ただその頃、現場近くで空き巣が何件かあった」

窓ガラスが割られ、部屋が荒らされたが、わずかな金を盗《と》られただけだったので誰も通り魔とは関連づけず、事件は一課まで上がってこなかった。

「さて、この場合どんなケースが――」

「それ！」

整は思わず牛田の話を食った。

「僕、常々、考えてるアイディアがそれですよ」

「な、何を考えてるって？」

「罪を犯した人は、凶器とか返り血のついた服とか手袋とか、血を踏んだ靴とか、その処分が厄介なわけです。だから、僕は考えたんです。知らない人の家にこっそり入って、納戸やクローゼットの奥に置いてくればいいのではないかと。つまり、その空き巣は、通り魔殺人の犯人が証拠を隠すために行ったんです」

「おまえ、常々そんなことを考えてんのか!?」

「考えてるだけです」しれっと答える。

怖いやつだなぁというように牛田が整を見る。

「……まあ、でも、そういうことだったんだ。掃除とか、ろくすっぽしねえ家が狙われた。ゴミ屋敷で空き巣に気づいてねえ人もいたし、そもそも自分たちの持ち物を把握してねえ人間もけっこういるんだわ」

が、たまたま急きょ引っ越しする家があり、そこの主婦が納戸の片づけをしていたら、見覚えのない靴が出てきた。

「ただ、それだけじゃ警察に届け出たりしないわな。もちろん付着してたはずの血は洗ってあった」

霜鳥が地域の住民と密接にコミュニケーションを取っていなかったら、その靴はゴミとして処分されていただろう。

その日、掃除ついでの外での立ち話で、主婦が霜鳥に言った。

「旦那の靴の中から見たことない靴が出てきてね。それが、いつ買ったかぜんぜん思い出せないのよ」――と。

ピンときた霜鳥が靴を調べてみたら、被害者の血液反応が出た。ほかの家からは凶器のほか、犯人の指紋も見つかった。

「俺の相棒はな、俺よりずっと若いけど、優秀な刑事だったんだ」

牛田は自慢げだ。

「だった……？」

気になって、つい問い返した。牛田は答えない。

まさか、殉死……？　もしそうだとしたら、これ以上触れないほうがよさそうだ。

「……あの、僕もう寝てもいいですか？」

「じゃあ、次、三問め」

「三問め!?　三問めもあるんですか!?」

「あれは二十年ほど前の……未解決の事件だ。売春を生業としてる女たちが次々と殺された。容疑者はすぐに特定された」

容疑者の名前は、羽喰玄斗《はぐいげんと》。刑務所に出たり入ったりを繰り返している化け物のような男で、〝平成の切り裂きジャック〟と呼ばれていた。

「ヤツは証拠を残しまくる。指紋も体液も足跡も。凶器もそのままだ。目撃者がいても気にしない。俺たちは必死で羽喰を追ったが、なかなかヤツを捕まえることができなかった」

そんなある日、羽喰に狙われているという売春を生業としている女から、警察に保護してほしいと連絡が入った。

「俺たちは言われたとおり、指定された時間と場所に向かった……はずだったが」

牛田の顔に苦痛が浮かぶ。

「俺は遅れた……十分、遅れた」


牛田は、急いで郊外にある女のアパートに駆けつけた。

「失礼します」

声をかけ、部屋の中に入る。霜鳥が先に来ているはずだった。

「……霜鳥、いないのか？」

それほど広くない部屋を見回すが、人の姿も応答もない。

その時、「ああああああー！」と外から大きな悲鳴が聞こえてきた。

建物の裏手にある、川のほうからだ。牛田は部屋を飛び出し、全速力で走った。

「霜鳥！」

牛田は、信じがたい光景を目の当たりにして呆然とした。

若い女が、首から多量の血を流して土手に倒れている。

そのそばに、霜鳥が倒れていた。

女はすでに事切れており、霜鳥は腹を二カ所刺され、左腕にナイフを突き立てられていた。

「おい、霜鳥!」

牛田は慌てて霜鳥を抱き起こした。

「し、しっかりしろ、今、救急車を……」

「羽喰……羽喰……」

霜鳥が声を絞り出すように言い、向こうに見える山のほうを指す。

ふたりを刺して逃走した羽喰を追えというのだ。

「くそっ、くそ……!」

牛田は必死で羽喰を追ったが、見つからなかった。

今のようにあちこちに監視カメラがあれば足取りはつかめたかもしれないが、網の目のように張り巡らせた非常線も羽喰はやすやすとすり抜けた。

集中治療室に運ばれた霜鳥は生死の境をさまよい、その手術中に、凶器のナイフから羽喰の指紋が検出されたという知らせがきた。

「霜鳥さんの指の爪に残っていた皮膚片も、羽喰のもので間違いありません」

集中治療室の廊下で、牛田は部下の報告を聞いた。

「……牛田さん、霜鳥さんは……」

「腸の損傷が酷くて、助かるかどうかわからない。左腕も動かなくなるだろうって……」

牛田は力なく長椅子に座り、両手を合わせて祈った。

翌日、現場近くの山道の入り口脇に羽喰の車が乗り捨てられているのが見つかったが、それきり羽喰は煙のように消えてしまった。

外国へでも飛んだか、のたれ死んだか、どこかで今も殺しを続けているのか――。

相棒の霜鳥は、なんとか一命を取り止めた。

「僕、刑事を辞めることにしました」

警察署の屋上で、牛田は霜鳥から辞職の意を告げられた。

革の手袋をはめたその左手は、だらりと垂れたまま微動だにしない。

「そんな顔しないでください。幸い、妻の実家が警備会社をやっていて。以前からそこを継いでほしいと言われてたんですよ」

霜鳥は、わざと明るい笑顔で言った。

「……そうか」

「牛田さんのことは、どこへ行ってもずっと忘れません」

歳の差はあったが、霜鳥は牛田の刑事生活で最後の、そして最高の相棒だった。

「本当に、ありがとうございました」

深々と頭を下げる霜鳥を、牛田はなんとも言えない気持ちで見送った。

老いた元刑事の話は、いったいどこへ向かっているのだろう。

「牛田さん……これは問題ですか?」

「俺があの時、時間に遅れなければ……」

未解決事件の思い出話を切り上げる気はなさそうだ。

「どうして遅れたんですか?」

「……ちょっと、着替えに戻ったんだ。ははっ、馬鹿だろ?」

殺された女のアパートに行く前、署の廊下を歩きながら、霜鳥に「牛田さん、くさいですよ」と言われたのだ。泊まり込みで二日間、着の身着のままだった。わびしいやもめ暮らしで、着替えを届けてくれる者もいない。

気になるほどではないと思ったが、これから女性に会うのにと霜鳥に顔をしかめられ、いったん自宅に戻ることにしたのだ。

なぜあの時、霜鳥と一緒に行かなかったのか。あのまま同行していれば、悲劇は止められたかもしれないのに――。

先に女のアパートへ向かった霜鳥と別れて家に帰ってみたら、部屋が荒らされていた。押入れや棚を物色した形跡がある。刑事の家に空き巣に入るとは、大胆なコソ泥もいたものだと呆れた。

「その連絡と処理に時間がかかってな。慌てて部屋を出たんだが、間に合わなかったんだ……」

あの時のことを、牛田は何度も何度も、夢にまでみるほど後悔した。

「あのう……すごく単純に考えて、思いつくひとつのケースがあるんですけど、それは検証されたんでしょうか？」

「ひとつの……ケース……」

「はい。相棒の霜鳥さんが、犯人だった場合です」

牛田が顔を向け、凄い目で整を睨みつける。

「それまでの犯人はその羽喰という人だったかもしれませんが、最後のだけ霜鳥さんだった可能性は？」

「……あいつは、死にかけたんだぞ！　そのあともリハビリが大変で、退職にまで追い込まれて、どれだけ苦労したと思ってんだ。あいつを疑う余地なんかこれっぽちもあるわけないだろ！」

整は、語気を荒らげる牛田の表情を見て言った。

「驚かないんですね」

牛田の反論は、まるで整の指摘を予期して準備していたかのようだ。

「つまり、あなたは霜鳥さんを疑っていた……さっきの問題ですが、ひとつめは罪を他人になすりつける話。ふたつめは空き巣を犯罪に利用する話。それ、この三つめへのヒントになってるんですよね」

しばらく黙っていたが、やがて牛田はゆっくり口を開いた。

「……羽喰の車が見つかったとき、最初に駆けつけたのは俺だった」

牛田が車のドアを開けると、シートの隙間に、見覚えのあるボールペンが落ちていた。まさかと思いながら拾い上げてみる。

黒っぽい胴部に、装飾がほどこしてある金色のキャップリング。

霜鳥がいつも内ポケットに入れていた、愛用のボールペンと同じだった。

背後からほかの刑事がやってくる音がして、牛田は考えるより先にボールペンを上着の内ポケットにしまっていた。

「霜鳥のものだと思った。俺はとっさに隠しちまったんだよ」

大量生産されている商品ではない。偶然の一致とは思えなかった。

「そして、こっそり調べた。最後の被害者と霜鳥は、関係があったんだ」

牛田は、無理やり苦い薬を飲まされたような顔になった。

「あいつの奥さんの実家の警備会社は、退職警官の再就職口だ。天下り先で問題を起こすわけにはいかない。つまり絶対に奥さんにバレちゃいけなかった。だから、どうやったのか、羽喰を捜して指紋と車を手に入れ、命を賭けて大バクチを打ったんだろう」

牛田が遅れる原因となった空き巣は捕まらなかった。羽喰は今も見つかっていない。空き巣は誰か、羽喰の末路はどうなったか、推して知るべしだ。

「誰にも言えなかった」

それをなぜ今になって、それも初めて会った素性もよく知らない大学生に話す気になったのか。

整が訊くまでもなく、牛田は答えをくれた。

「……俺はね、もうすぐ死ぬんだよ」

なんとなく、そんな気はしていた。

牛田は床頭台の引き出しを開け、ジッパーのついたビニール袋を取り出した。中には、手帳とボールペンが入っている。

「その前に、この証拠と調べたメモをどうしたらいいのかずっと悩んできた……いや、今さらボールペンはなんの証拠にもならねえ。ただ、誰にも言わず死んでいいのか……」

「怖いのは、相棒の罪が暴かれることですか？　それとも、霜鳥さんの罪をかばったあなたの罪がバレることですか？」

忖度《そんたく》も斟酌《しんしゃく》もない質問である。だが牛田はフッと息を吐き、真摯に受け止めた。

「……なかなか厳しいな久能くん。……そうだな。けっきょく俺は、自分を守ってるだけかもな。墓まで持っていくかもしれんなぁ」

そう言うと、疲れたように枕にもたれかかった。

「情けねえ。自分の弱さに愕然とするわ。チクショー。刑事として負け、長い闘病生活の末、病気にも負ける」

「あの……僕、ずっと疑問に思ってました。どうして〝闘病〟って言うんだろう。〝闘う〟と言うから、勝ち負けがつく」

たとえば有名人が亡くなったとき、報道では〝病には勝てず〟〝病気に負けて〟〝闘病の末、力尽きて〟などと表現する。

「どうして、亡くなった人を鞭打《むちう》つ言葉を無神経に使うんだろう。負けたから死ぬんですか。勝とうと思えば勝てたのに、努力が足りず、負けたから死ぬんですか。そんなことない。僕なら、そう言われたくない。勝ち負けがあるとしたら、お医者さんとか医療ですよ。その時点の医療が負けるんです、患者本人が、あなたが負けるんじゃない」

「……ハハ、負けるのは医療か」

「そうでしょう。闘いじゃない。治療なんですから」

牛田はまた上半身を起こし、整に言った。

「あんたは若くて、当事者じゃないからまだわからんかな。病と闘うぞと思う気持ちも大事なんだよ。その気持ちが必要な時もある」

「……それでも、人は、病に負けたから死ぬんじゃないです……僕はそう思う」

この青年は、心にもない慰めは言わないだろう。少し報われた気がして、牛田は優しい笑みを見せた。

「……じつはな、証拠をどうするか決めてたんだ。ところが……」


ある日、牛田が病室のベッドで『自省録』を読んでいると、仕立てのいいスーツを着た初老の男が、部下に籠入りのフルーツを持たせ、杖をつきながら入ってきた。

「お久しぶりです。牛田さん」

霜鳥だった。革手袋をはめた左手は今も動かないそうだが、妻の実家の会社を継ぎ、年相応の貫禄《かんろく》もついて立派になっていた。

病気のことは知らせていなかったが、どこかで小耳に挟んだのだろう。

「みーんないなくなっちまったよ。親も兄弟も女房も、友達も……あとは俺だけだ。けっきょく人間、最後はひとりってことだな」

自虐交じりに言うと、霜鳥は元相棒として牛田の面倒をみたいと言いだした。

「牛田さん。僕に治療費を肩代わりさせていただけませんか。牛田さんのために、できるかぎりのことをしたいんです」

嘘偽りない本心だとわかった。しかしその申し出を、牛田は笑って受け流した。

「なに言ってんだ。情けはいらねえよ」

「いや、でも……」

「いいんだ、よけいな心配はするな」

牛田はかぶりを振った。

もう二度と霜鳥と会うことはないだろうと思いながら――。

「……昔と変わらず優しいヤツなんだよな……それで、気が変わったんだ」

「どう決めてて、どう変わったんですか？」

牛田は答えず、その代わりに『自省録』を整に差し出した。

「この本、あげるよ」

「え？　僕、持ってます」

「あげるよ。版が違うと使えねえかもしれねえから」

「版……？」

「ほれ」

牛田は柔和に微笑んでいた。

話したいことはすべて話した、というように。

「おはようございます。久能さん、ご気分はいかがですか？」

看護師の声で、整はゆっくりと目を開けた。

病室には、すでに朝の陽射《ひざ》しが溢《あふ》れている。

「……おはようございます」

「すみませんね、体温計お願いします」

整は体温計を受け取った。すっかり熟睡していたらしい。

「よく眠れたみたいですね。何度か覗いたんですけど、ぐっすりで」

「はあ……珍しいです。部屋に人がいると、普通は眠れなくなるんで」

「え？　誰もいなかったでしょ」

「だって隣の牛田さんが」と言いながら隣のベッドを見る。

どうしたわけか、ベッドはもぬけの殻——というより、最初から誰もいなかったかのように整えられている。床頭台にあった私物もない。

ただベッドの上に、一冊の本が残されているだけだ。

「牛田さんは昨日の朝、亡くなられましたよ。長いあいだ入院されてたんですけどね……。お知り合いでした？」

「昨日の朝……？」

一瞬、牛田に頼まれて整をかつごうとしているのかと思ったが、看護師がそんな不謹慎ないたずらに乗るわけがないし、何よりもその悲しそうな表情が嘘ではないと物語っている。

「……まさか」

整は冷や汗をかいた。

――牛田さんが「出るらしいぞ」と言ったのは、自分自身のことだったの!?

その時、病室の戸口に誰かが現れた。整は思わず身構えたが、現れたのは幽霊ではなく、身なりのよい初老の男性だ。

「あの、面会時間はまだなんですけど」

「許可はもらっています」

「そうですか」

看護師は整から体温計を受け取り、会釈をして出ていった。

男性は整の隣の空っぽのベッドに歩み寄り、愕然としている。

その左手には、革の手袋がはめられていた。

「……牛田さんの元相棒の、霜鳥さんですか？」

男性が怪訝そうに振り向く。

「牛田さんが亡くなって悲しいですか？　それとも……ホッとしましたか？」

見知らぬ青年から唐突な二択を突きつけられ、霜鳥が処理しきれないうちに病室のドアが開いた。

「はい、ちょっとすみません。警察です」

私服刑事がふたり、病室に入ってくる。

「霜鳥信次さん、二十二年前の事件のことでお話が……牛田先輩から、証拠のボールペンと捜査メモが送られてきました」

昨夜、整が牛田に投げた質問の答えが、思わぬ形で返ってきた。

「ボールペンに証拠能力はありませんが、調べてみたところ、あなたがお持ちの箱根《はこね》の別荘の花壇から、人骨が出てきたんです。鑑定の結果、指名手配されていた羽喰玄斗のものだと判明しました。二十年以上埋まっていたようです」

霜鳥は呆然と立ち尽くしていたが、ベッドに目を戻すと、吐息と一緒に呟くように言った。

「……牛田さん、やっぱり知ってたんですね……」

ボールペンをいつどこで落としたのか、霜鳥はずっと気がかりだったことだろう。

「でも……今まで黙ってくれてたのに、どうして」

「……あなたがお見舞いにきてくれて、気が変わったそうですよ」

「え？」

「ということは、それまでは秘密を墓まで持っていこうと決めてたってことです」

霜鳥はしばし考えたあと、牛田のいたベッドに目を戻した。

「……僕が裕福になっていて、腹を立てたのかも……金を出すとか、面倒みるとか言ってプライドを傷つけたのか……とにかく、あの人を怒らせたんですね」

「違いますよ」

整はきっぱり否定した。罪を犯したと知ったあとも、牛田は終始、霜鳥を弁護していた。

「牛田さんがそういう申し出をされるのが嫌な人間だということを、あなたが知らないか、忘れていることが悲しかったんじゃないでしょうか」

霜鳥は言葉を失った。治療費を出すと言ったときの、牛田のなんとも言えない寂しげな表情が脳裏に浮かぶ。

「牛田さんは、あなたのこと、今も変わらず優しい人だと言ってました」

そうなんだろうなと整も思う。面倒をみると言ったのも純粋な親切心からだろうし、今日もきっと、牛田の見舞いにきて訃報を知ったのだろう。

霜鳥は無言のまま、改めて空っぽのベッドを見やった。

警察を去るとき、霜鳥は、実の弟のように可愛がってくれた先輩刑事に言った。

「牛田さんのことは、どこへ行ってもずっと忘れません」と——。

霜鳥は涙を流しながら、誰もいないベッドに向かって深々と頭を下げた。

「さあ行こう。じっくり話を聞くんで」

刑事たちに連行されていく霜鳥を、整はベッドから見送った。

誰もいなくなった病室は、再び静けさを取り戻した。

隣のベッドに行き、『自省録』を手に取る。

牛田の老いた手の温もりが、まだそこに残っているようだ。

栞《しおり》が挟んであるページを開いて、小声で文章を読んでみる。

「……『正気に返って自己を取り戻せ。目を醒《さ》まして、きみを悩ましていたのは夢であったのに気づき……夢の中のものを見ていたように、現実のものを眺めよ』……」

栞を元に戻して、本を閉じる。

亡くなったあと、故人の魂はしばらくのあいだ近くにいるという。

「……そう、したんですね」

整は、そっと呟いた。

昼食を食べて検査結果を聞きにいったら、あとはもう何もすることがない。

案の定とくに異常はなかったが、手続きの関係で退院は明日になるらしい。

もはやあきらめの境地である。夜まで何をして過ごそう……昼寝？　いやいや消灯時間に眠れなくなると困る。

整は病室に戻らず、院内や中庭をぶらぶら歩いた。大きな総合病院なので、レストランやカフェのほか、理髪店や図書室まである。三時のおやつにカフェに行って、そのあと図書室に行こうか。病気や怪我じゃなければ、あんがい楽しいかも。

廊下の掲示板には、さまざまな催し物や行事の張り紙が出ていた。昨日ここを通ったときには、こんなにたくさんなかった気がする。

立ち止まりながら順番に見ていく。

『クリスマス会のお知らせ
暖かい飲み物をご用意して待っています。
　ぜひご参加ください』

「『暖かい』？　……漢字間違ってる」

〝暖かい〟と〝温かい〟。表記の使い分けが難しい漢字だが、それぞれ反対語が何かを考えるとわかりやすい。この場合は、〝冷たい〟飲み物。だから〝温かい〟が正しい。

「久能さん」

声をかけられて振り返ると、風呂光が立っていた。

「風呂光さん、どうされたんですか？」

「昨日、受付が閉まってて手続きできなかったので。いま終わりました」

「わざわざすみません」

「あ、いえ」

話すことがなくなり、ふたりのあいだに妙な沈黙が流れる。

さっきの張り紙の誤字が気になって、整は掲示板に目を戻した。

つられて風呂光も整の視線を追い、『クリスマス会のお知らせ』という文字に目を留めた。

指輪の次は、クリスマス……嫌でも胸の奥がざわざわする。

「……もうすぐ、クリスマスですね」

「はい」

「久能さんは、誰と過ごすんですか」

全力でさりげなさを装う。

CT検査もしたので入院費用はかなり高額だったが、風呂光がちゃんと処理してくれていた。

「では、どうぞお大事に」

「はい。お世話になりました」

病院の受付で手続きを済ませ、晴れて自由の身となる。

「三時……まだ時間あるな。お昼でも食べようかな」

昨夜の、ライカとの約束。いや、一方的だったから、命令というほうが近いかもしれないが、いずれにしろ、もう一度会って話をしてみたかった。

「病院のレストランってどんなかな。カレーは何があるのかな……」

外を歩いていると、反対側から急ぎ足で歩いてきた男とぶつかった。

「いてっ！　どこ見てんだよ！」

ハンチングをかぶり、色付き眼鏡をかけたピアスの若い男——陸太が整を睨みつける。

「あっ、すみません」

「あーいってえなぁ。ここは病院なんだぜ？　俺、あっちこっち痛くて通ってんだよ。なんだよ、その顔。謝れよ」

「すみませんでした」

いざこざに気づいた周囲の人たちが、チラチラとふたりの様子を窺っている。

「もっとちゃんと謝れ」

「すみませんでした」

感情が顔に表れないせいか、謝意が今ひとつ伝わらないらしい。

「そんなんじゃダメだろうが。土下座しろ、おまえ」

「え……」

整は呆気に取られた。

「土下座だよ土下座、ちゃんと謝れって言ってんだよ！」

「えっと、土下座でいいんですか？」

「あ!?」

「ホントに土下座でいいんですか？　だって土下座ってただの動作だから、簡単でお金もかからなくて、心がこもってなくても、別のこと考えててもできちゃうことなんですけど。だから焼けた鉄板の上でしろってわけでもないなら意味がないっていうか、治療費出せとか言うほうがまだわかります」

「だ、誰が金くれって言ったよ!?」

「土下座に意味があると思うということは、あなたはそうしろと言われるのが、すごくイヤなんだということですね」

陸太はぽかんとした。

「ちなみに土下座の強要は、強要罪に当たることがあります。古墳時代の埴輪《はにわ》にも……」

「うるせえんだよ、おまえ！　殺すぞ」

「殺さないでください、すみませんでした、あの、もし……」

「あーウゼえな、もういいわ！」

吐き捨てるように言い、歩いていく。

整はしゅんとなった。またウザがられた……。

「気にしなくていいのよ」

近くのベンチに座っていたおばあさんが、整に声をかけてきた。

「あの人ね、しょっちゅう人に絡んで、揉め事ばっかり起こしてるの」

「……そうなんですか」

しかし、たしかに考え事をしながらボーッと歩いていることがよくある。

今後は気をつけようと己を戒める整であった。

シーフードカレーと迷った末、整はバターチキンカレーを食べた。コクがあって美味しい。福神漬けのほかにらっきょうがついているところもポイントが高い。

食後のコーヒーをゆっくり飲んだあと、整は中庭の温室まで歩いてきた。

時間を確認する。午後三時、ちょうどだ。

そっと温室の扉を開け、中を窺う。

「あの、誰かいますか？」

周囲に目を配りつつ、中に入った。

「失礼します。……えーと、ライカさん？」

呼びかけに応じる声はない。昨日の場所に来ると、またしても床に数字が描かれている。

「……昨日とは違う数字だ」

急いでコートのポケットから『自省録』を取り出す。

「199ページ……2行目、37・38文字……『正面』……」

床と見比べながら暗号を解読していく。

「『右』『奥』『大』『き』『な』『は』『ち』『の』『土』『の』『中』『の』『中』『を』『見よ』」

顔を上げると、右奥に何も植わっていない土だけの大きな鉢がある。

「鉢って、これ？　土の、中の中？」

手近にあったスコップをつかんで土を払うと、ビニールの端っこが出てきた。

「……え、何これ。待って、また死体の一部とかはやめて……」

トラウマで怯えながらも、土からはみ出したビニールをつかみ、思い切って一気に引っ張り上げる。その瞬間、カン高い悲鳴と共に女性が駆け込んできた。

「いやー！　やめて!!」

出てきた物を見て、整はポカンとした。

「え……カバン？」

高級そうな、ワニ革の青いハンドバッグである。

「なんなの……あ、あなた誰!?」

眼鏡をかけた三十代半ばとおぼしき女性が、真っ青な顔で立ち尽くしている。土のついたエプロンや園芸作業用の長靴など、見たところ、この温室と関係のある人のようだ。

「僕……僕は久能という者で……」

「なんで、そこにあるのがわかったのっ。なんで知ってんの!?」

「ぼ、僕、何も知りません。これはなんですか」

彼女はエプロンから園芸用のハサミを取り出し、整に向けてきた。

「それどうする気？　私を脅すの？　そうなんでしょ!?」

「お、脅す？　僕はただ、指示があるのを見つけたので」

　整も動揺したが、ハサミを握りしめる彼女の両手もぶるぶる震えている。

「指示って何よ？」

「ここに入院している女性に導かれてきただけなんです」

「その人もバッグのこと知ってるの？」

「はい、おそらく」

「……じゃあ、あなたを殺してもダメじゃん!!」

「殺さないでください！」

　なぜ立て続けに殺意を向けられるハメに!?

　女性はハサミを下ろして、涙ながらに座り込んだ。

「やっぱり、悪いことはできないなぁ……」

　女性はやはり、この温室の管理人だった。

　外の石段に整と並んで座って、ハンドバッグについて話しはじめる。

「宗像《むなかた》さんっておばさまが、よく温室に遊びにきてくれたの。温室やガーデンで私と過ごすのが楽しいって。上品で、優しい方で、すごく可愛がってもらった……」

　そんなある日、宗像がうれしそうにハンドバッグを持ってきた。

「じゃーん」

「あ、あいつ」

「誰？」

「今日、病院で会ったんですよ。なんでここに……」

「……もう行こう」

香音人が言う。

整に背を向けると、ふたりはさりげなくその場を立ち去った。

整のほうも、野次馬の中に色付き眼鏡の男を見つけて首を傾げていた。

その時、ふいに後ろから声がした。

「やっぱりここも燃えたか」

振り向くと、パジャマにガウンを羽織ったライカだった。

「あっ……僕、三時に温室に行ったんですけど」

咎めるように言う。

「時間は思うようにならない」

それはそうだが、だから人間が時間に合わせて行動するのでは。と、言いたいのを呑み込んで訊ねる。

「……梅津さんが鉢の中に隠してたバッグも見つけました。どうしてあんなことを？」

ライカは答えず、ポケットから新たに写真を出して整に差し出した。

ここではない、別の家の塀だ。しかし、そこに描かれた炎のマークは同じである。

「これは……？」

「そこの家も先月燃えた。放火だったらしい。両親が焼死して子供だけが助かった」

「……このマークは、火の象形文字っぽい」

「まえにも見たことがある。そこも放火されたから、何か関係あるのかと思って撮っておいた」

「見たって、どこで？　関係って……」

ふいに冷たい風が吹き抜け、ライカの栗色の髪が揺れる。

「あの、寒くないですか。よけいなことを言うようですが、パジャマで出歩くのはいかがなものかと」

「そうだな。もう時間がない。帰る」

「はい。あ、え？　これは、どういう……」

写真を持ってもたもたしているうちに、ライカは待たせてあったタクシーに乗り込んだ。

「ま、待って。ひとつ確認なんですけど、犬堂我路くんとお知り合いですか？」

「犬堂？　知らない。また明日、午後三時に桜の下で」

「え」

ライカはまた一方的に言うと、タクシーで行ってしまった。

立ち尽くしたままライカを見送り、写真の炎のマークに目を落とす。

「……えー？」

何もかも、まったくの謎である。どうしたものか、整は途方に暮れた。


幾度となく本人が言っているように、整はれっきとした大学生、東英《とうえい》大学教育学部の二年生である。

クリスマスを三日後に控えた翌日、整は今年最後の心理学の講義に出席していた。

「『箱の中のカブトムシ』という、有名な思考実験があります。それぞれがカブトムシの入った箱を持っていますが、実は中には、それぞれがカブトムシだと信じているものが入っているだけです。彼らはそのカブトムシについて一応会話はできるが、同じものを見ているわけではない。これはつまり、他人の心を推し量るのは難しいというテーマだろうか」

天達春生《はるお》准教授の講義に、整はいつものように熱心に耳を傾ける。

「他人の人生を想像したり、仮に似たような体験をしたとしても、自分が考えるように他人も感じ、考えているとは限らない。自分の痛みと、他人が感じる痛みは同じではないかもしれないと、まえもって考えておくことは大事かもしれないね」

整は、ノートの横に置いた二枚の落書きの写真を見やった。

——彼女は誰？　何をしようと？　どうして？　なんのために？

次々と疑問が湧いてくる。

講義が終わり、学生たちは心なしか足取り軽く教室を出ていく。クリスマスと冬休みがいっぺんにやってくるのだから、浮かれるのも無理はない。

そんな中で整はひとり顔に困惑を浮かべ、帰っていく天達を呼び止めた。

「天達先生、質問いいですか」

「久能くん、何かな？」

「あの、暗号で話しかけてくる女性がいるんです」

「え、女性？　それは、あなたにもとうとう春が来たってこと？」

「それもうセクハラですから」

小さい頃から天達を知っているが、真面目なのか不真面目なのかよくわからない人である。

天達はにこやかに受け流し、「どんな暗号？」と訊いてきた。

「本を使って……文字を数字で表すといった、簡単なものなんですけど」

「書籍暗号は古くからあるね。双方同じ本を持ってなきゃならないけど、それさえクリアすれば第三者にはわかりにくい」

「はい。何を考えてるのか、ぜんぜんわからなくて。関わるべきか無視するか、ちょっと困ってるんです」

「まあ、想像するに、あなたの興味を引きたいか、あなたを利用したいか、操りたいか、陥れたいか……」

整は青ざめた。最初以外、不穏な目的ばかりじゃないか。

「あるいは、あなたに、助けを求めているか」

「助け……？」

「なんにせよ、根底には『誰かに知られたくない』という怯えがあるんだろうね」

犯罪が絡むようなら逃げてくださいよ、大学名が出ちゃうからね――そう言って、天達は帰っていった。


午後三時、ライカは桜の木を見上げて立っていた。

今日は時間が思うようになったと見える。

「ライカさん」

声をかけると、ライカは整を見て、来たか、というように微笑んだ。

その微笑の裏に悪意があるとは思えない。もし助けが必要だと言うなら……まあ、それはその時に考えよう。

「あなたはいったい誰なんですか？　今度は僕に何をさせようとしてるんですか？」

少し待ったが、答える気はないようだ。

何ひとつわからないままでは、整も協力のしようがない。

「あの塀に描かれたマークは、放火の予告かなんかだと思ってるんですか？　だとしたら警察に知らせたほうが」

「警察は関係ない」

視線に抗《あらが》いがたい圧がある。整はしかたなく話題を変えた。

「……あの、桜にピンを刺すのはもうやめてくださいね。『桜切る馬鹿　梅切らぬ馬鹿』って知ってます？　桜は傷つけたら枯れちゃうんですよ」

「桜は傷つけちゃダメで、梅は傷つけてもいい？」

整は一瞬、言葉に詰まった。

「それは人が花を美しく見たいがための都合で、本人たちに聞いたわけじゃないよね」

ちょっと考えてから、整はうなずいた。

「……はい」

ライカの言うとおりだ。先人の言葉がすべて正しいわけじゃない。

「でも、桜には悪かった。もうしない」

整を振り返って笑う。

意表を突く切り返しをするかと思えば、素直に自分の非を認める。本当につかみどころのない女性だ。

「ただ、この桜が咲く頃には、『45－1－17・18』『63－2－22〜24』『51－5－9』……」

「え……」

「千夜子《ちやこ》は見るだろう」

「ち、千夜子？」

「妹だ」

「妹さんがいるんですか」

「温室の足湯が再開したらしい。そこで話そう」

「え？」

コロコロ変わる話についていけない整を残し、ライカは温室に向かって歩きだした。

整も慌てて後ろをついていく。

「珍しいですね、病院に足湯があるなんて」

「患者のための憩いの場だ。夏場は水を張って涼めるようになっている」

「へえ……」

その時、温室の裏手からガチャンと何かが割れる音がした。

整が急いで駆けつけると、外の足湯スペースで、男が海老《えび》のように体を折って苦しんでいた。その近くで、真波が戸惑った様子で棒立ちになっている。

「梅津さん、どうしたんですか」

「それが、急に苦しみだして、近づくなって……」

真波の足元では、赤いポインセチアの鉢が粉々に砕けていた。

「痛え、痛ええぇ」

「どうしましたか？」

整は男のかたわらにひざまずいた。

「あ……」

今はかけていないが、色付き眼鏡の男である。

陸太は痛そうに呻きながら、整の腕をつかんだ。

「どけろ……」

「え」

「あれを、赤いもの……見えないとこへ……！」

「あ、赤いもの？」

整は周囲を見回した。視界に入る赤いものと言えば、真波の足元のポインセチアだけだ。

「梅津さん、その赤い花、どっかへやってください。早く！」

「は、はい！」

真波が慌ててポインセチアを運んでいく。

「……眼鏡を」

「え……」

「眼鏡だよ！」

「これですか？」

そばに落ちていた色付き眼鏡を拾って渡す。

「いってぇ……湯気で曇ったからつい……油断した」

眼鏡をかけた陸太は、舌打ちして言った。

「あの、赤いもの見たら痛みが起こるんですか」

「そういう病気なんだよ。眼鏡かけてれば平気なんだけどな。感覚の置き換えとかなんとか」

「それは、リンゴとかトマトとか、消防車とか見ても？」

「そうだよ、リンゴなんて皮むいてあったって無理だよ。アップルパイ食ってみたいけど、怖くてな」

呼吸を整えながら、自嘲気味に笑う。

「アップルパイが、怖い……」

「もう大丈夫だ。治まった」

そう言うとヨロヨロと立ち上がり、覚束ない足取りで歩きだした。

「え、あの……」

整は気になったが、陸太はそのまま行ってしまった。

「……あれ？　ライカさん？」

気づけば、いつの間にかライカはいなくなっていた。

桜の木の下に戻ってみたが、そこにも姿はない。

ふと、ライカが口にした暗号を思い返す。「この桜が咲く頃には」なんだというのだろう。リュックから『自省録』を出して調べてみる。

「『私は』『この世に』『いないけどな』」

衝撃で息が止まりそうになった。

……まさか、死……？

助けを求めているのかもしれないという、天達の言葉を思い出す。

整は呆然として、しばらくその場を動くことができなかった。

足湯から出てきた陸太を、ひとけのない建物の陰で香音人が待っていた。

「陸ちゃん、どうしたの？」

猫の背中を撫でながら、優しく微笑む。

「……今、火事現場にいた、もじゃもじゃのやつとまた会った」

「あいつ、あの時こっちをジロジロ見てたし、なんか変だよな」

「まさか、俺のこと嗅ぎ回ってんのか？」

「だとしたらマズいね」

「だったら、こっちから探りを入れてやりますよ」

「うん……厄介だったら、早めに片付けておかないとね」

香音人は、微笑みを消して言った。


——やはり、単純な放火事件ではなさそうだ。

その夜、青砥は昔の捜査資料を引っ張り出して調べ直していた。

「青砥さん、なに見てるんですか」

コンビニのおにぎりを頬張りながら、池本がデスクの資料に目を留める。

「昨日の現場の塀に落書きがあっただろ」

「ああ……なんか、火の形みたいな？」

「ほかの管轄でも、家の塀に同じマークが描かれていた火事現場があることがわかった。ぜんぶで四件、どれもこの半年以内に放火されている」

「つまり、連続犯ってことですか？」

「おそらくそうだろう。実は三年前の放火殺人現場でも、このマークを見たことがある」

「三年前？」と風呂光がデスクから訊き返す。

「ああ。今回の事件と同じように、両親が焼死して、子供だけが生き残った」

「え……でも、なんで今になって……」

「当時、容疑者として浮上したが、証拠不十分で逮捕できなかった少年がいたんだ」

青砥が資料の写真を集まってきたふたりに見せる。

中性的な顔立ちをした少年で、この事件当時は十七歳だった。

「井原《いはら》香音人。母子家庭に育ち、十歳の時、自宅の火災で母を亡くす。火元は香炉の炭だった。母親の趣味だったらしい。井原の身体からもお香の香りがしていた」

「あ……」

風呂光は、昨日の火事現場で線香のような香りがしたことを思い出した。

母親を亡くしたあと、井原香音人は十四歳の時に三件、放火をしている。いずれもボヤ程度で、当時は犯人として浮かび上がってこなかったが、数年後に目撃者と出くわしたことで逮捕されるに至った。

「三年前の放火殺人の容疑がかかったのは、現場の防犯カメラに映っていた人影が井原によく似ていたからだが、やつは犯行を認めなかった。だが俺は、三件のボヤはただの予行演習で、そのあと捕まるまでのあいだ、本当は放火殺人をやってたんじゃないかと思ってる」

結局、母親を火事で亡くしたトラウマが犯行の原因とされ、香音人は医療少年院に送られて、二年の入院期間を終えて半年前に退院している。

「半年前？」

ちょうど、塀に炎のマークの落書きが残された放火事件が始まった頃だ。

「このタイミングで同じマークを見つけたのが、単なる偶然とは思えない……」

青砥の顔が、あからさまに曇った。

明日はクリスマスイブだというのに、腕に包帯を巻き、年齢のわりに痩せ細った少女の目には絶望と諦めの色しかない。

病院の外壁の前で、香音人は少女に話しかけた。

「燃やしてあげようか？　きみのお母さんと、新しいお父さん」

少女はじっと唇を噛んでいる。

「僕はきみを守るために来たんだ」

その隣で、いつものように陸太が少女の耳元に囁《ささや》く。

「この人は〝天使〟だよ。助けてもらった子供たちはみんな喜んでる。幸せになったんだ」

香音人は、紙に描いた炎のマークを少女に見せて言った。

「もしきみがそうしてほしかったら、このマークをそこの壁に描いて。それが合図だ」

しかし、少女は口を閉ざしたまま答えようとしない。

「決心がついたらでいいからね。決定権は、きみにある」

そう言って、香音人は優しく微笑んだ。


昨日、ライカと話ができないままだったので、整は今日も大隣総合病院にやってきた。炎のマークの写真を見ながら、勝手知ったる院内を中庭のほうへ歩いていく。

「あ、久能くん」

顔を上げると、向こうから池本と風呂光が歩いてきた。

慌てて写真をコートのポケットに押し込む。

「おふたりとも、どうしたんですか」

「今、聞き込みしてきたんですよ」と風呂光。

「一昨日、市内で放火事件があったの知ってる？」

「え、は、はい」

知っているも何もその現場に行きました、とはもちろん言えない。

「小学生の息子だけが生き残ったんだけど、この病院に検査入院してるんだよ。虐待を受けてた可能性があってさ」

「虐待……？」

場所を移動してベンチに座り、池本たちから話を聞く。

「実は最近、変な都市伝説サイトがあって」

風呂光が、タブレットに『炎の天使』というサイトを表示して整に渡してくれた。

『虐待されている子供を救うために舞い降りた炎の天使を知ってるか？』

そんな謳《うた》い文句と共に例の炎のマークが掲載され、『このマークを家の壁や塀に描けば、天使が親を焼き殺してくれる』と書いてある。

「それが、火事現場の塀に描かれてたんですよ」

風呂光が言った。

サイトのコメント欄を読むと、

『実は昔、やってもらったことがある。綺麗《きれい》な人だったよ。お香の匂いがしてた』

『この火事も天使がやったらしい』

そのコメントには、実際の火事の写真が添付してある。

見るかぎりでは、よくあるオカルトチックな作り話とは思えない。

「生き残った子供が、天使を呼んだと証言してるんですか」

整が訊くと、風呂光は首を横に振った。

「いえ……その子は何も話そうとしません」

「でも、検査で火事とは無関係の傷がいろいろ見つかってるし、ここの通院履歴も確認してみたんだけど、虐待されてたのは明らかだな」

クソが、と池本が吐き捨てる。

「その子がこのサイトにアクセスした記録は？」

「ない。携帯も持ってないし、親のパソコンにも履歴が残ってなかった」

「ということは……もし〝天使〟がいるとすると、どこかで虐待されてる子供を見つけて、接触して、決めさせる……」

親を殺していいか、子供に許可を——整の瞳の奥が、かすかに揺れた。

「……都市伝説を信じてわざわざ調べるってことは、ほかにも似たような放火事件があるってことですよね」

やや間があったが、風呂光が答える。

「この半年で四件ほど……でも火事が起きてない場所でもマークが発見されてるし、冷やかしや模倣犯も交じってるだろうから、なかなか区別が難しいんです」

たしかにサイトの書き込みも、ふざけたものや、無責任に煽るようなものもあった。

「とにかく、サイトの管理人の特定を急いでます」

虐待されていた子供たちがもしネットを使っていたとしても、サイトで本物の『炎の天使』かどうかを見極めるのは難しい。何かの罠かもしれないし、普通は警戒するはずだ。

ふたりの刑事は、サイトを見ながら考え込んでいる整をじっと見つめている。

「……え、いいんですか？　僕にそんなこと話して」

整がふと我に返って言うと、池本は「いいわけないでしょ」とあっさり認めた。

「でも事件解決につながるなら情報源として採用するから、何かあったら教えてよ」

そっと整に顔を近づけて言う。

「青砥さんには内緒でね」

「……あ！　三時になっちゃう」

危険を察知して整は立ち上がった。

「マズい、急がなきゃ。じゃあ、僕はこれで」

棒読みで言うと、風呂光にタブレットを返し、会釈して中庭へと急ぐ。

「え、あ、はい……」

整の背中を見送りながら、風呂光は胸がちりちりしてきた。

「三時……」

——もしかしたら、あの髪の長い女の人と会うのだろうか。

整は知る由もないが、『夜　三時　もどって　来るがよい』の張り紙の暗号を見つけたあの夜、風呂光はどうしても気になって、眠れないまま病院までタクシーを飛ばした。そして、温室の中で、整が入院患者らしき綺麗な女性と見つめ合っている姿を目撃したのである。

声をかけることもできず、風呂光は静かに立ち去るしかなかった。


息を切らして走ってきたが、桜の木の下にライカの姿はなかった。

「……いないか」

ガッカリしつつ、もしやと温室を覗いてみると、ライカは裏手の足湯スペースにいた。パジャマのズボンを膝までまくり上げ、湯に足を浸している。

温泉はダメだけど、足だけならと整も入ってみる。想像以上に気持ちいい。

「……あの炎のマークの意味、ライカさんも知ってるんでしょう？　あれはただの放

「……先輩にもらったんだ」

「……あ、僕は久能整といいます」

「なんでそんな名前つけたんだか……」

陸太は、ふっと小さく笑った。

「虐待されてる子供たちも、みんな凝ったキレイな名前がついてんだよな。親も名前をつけるときには、そんなことになるとは思ってなかったんだろうな……」

「……そう言えば火事の話ですけど」

「なんだ、やっぱなんか知ってんのか」

「火事原因のトップは放火で、年間一万件も起こってるんです。僕、このあいだ江戸時代の火事に関する本を読んだんですけど、放火はとにかく重罪で、疑われて捕まった人はすごい拷問にかけられたんですよ。中でも面白いのが、ヤギに足の裏を舐めさせるってやつで」

「ヤギ……」

思わず自分の足の裏を見た陸太に、整は恐ろしそうに言った。

「足の裏に塩を塗って、それを舐めさせるんです」

「それの何が拷問なんですか？　くすぐったくてしんどいとか？」

むしろ可愛いですと、真波が不思議そうに口を挟む。

「ヤギの舌って、ザラザラなんですって。つまり、その舌で舐めて、舐めて、ズル剝けになっても、さらに肉をこそげ取って舐め続けるんですよ。血液の塩分を求めて、骨がむき出しになっても」

「ひぃー……！」

あまりのエグさに、真波は悲鳴をあげた。

「ただ、日本にヤギが普通に入ってきたのは江戸末期という説もあるので、どれだけ行われてたかは不明です」

しれっと話をまとめると、陸太は整に思いきり嫌な顔を向けてきた。

「……おまえ、本当に性格悪いな」

「え……」

「もう帰るわ」

湯から出て帰っていく陸太に、整はじっと視線を注いでいた。


「ヤバいですよ、香音人さん」

家に戻ると、陸太は開口一番言った。

「あの整ってやつ、絶対なんか知ってる。ヤバいですよ」

陸太は香音人のように頭はよくないが、ヤバいということだけはわかる。

香音人の膝から飛び降りた猫が、チェストタイプの大型冷凍庫をカリカリと爪で引っ掻きはじめた。

「シシ、やめなさい。そこには、きみが食べられるものはないよ」

猫のおやつや陸太の好きなマカデミアナッツのアイスクリームは、別の小さい冷蔵庫の中だ。

「どうします？　香音人さん」

香音人が遠くを見る。

「……その整ってやつも、一緒に燃やしちゃえばいいんじゃないかな」

クリスマスプレゼントは、多ければ多いほどうれしいのだから。

病院からの帰り道、整は思案に耽りつつ街を歩いていた。

陸太との会話で、ひとつ引っかかっていることがある。なぜなのか考えているのだが、はっきりと答えが見えてこない。

「ねえねえ、サンタさん来る？」

「明日よ」

親子連れの会話が聞こえてきて、整はハッと顔を上げた。

きらびやかなイルミネーションで飾りつけられた通りを行く人たちは皆、サンタクロースやツリーのイラストが入った買い物袋を提げている。

……プレゼント!!

ライカとの約束を思い出して、整は再び緊張で固まった。

「な……何を、何をあげたら……いや、そもそも、なんであの人にあげなきゃいけないのか。友達でもないし、何者か知らないし」

ひとりでしゃべっている整を、通行人が怪訝そうに見ていく。

「知ってることと言えば、『自省録』を丸暗記して、それで指示してくること。午前と午後の三時に待ち合わせを仕掛けてくること。千夜子さんという妹がいること、春まで生きていられない……ってこと」

家族連れや恋人たちが楽しげに街を行き交っている中で、整は自分の言葉にショックを受けたように、しばしその場に立ち尽くした。

「……何にしたら……」

スーパーでカレーの材料を買いながら悩み続ける。

「はあ! 何にしたら……」

アパートに戻って野菜を刻んでいるときも、カレーを煮込んでいるあいだも、延々と悩み続ける。

「何にしたら……そうだ、カレーを持ってって食べてもらう! ……いや、病気なんだからダメでしょ」

第一、人に食べてもらったことがないから自信がない。

チキンのもも肉とひき肉のダブル肉カレーを食す至福の時だけは忘れていたが、そのあとコタツに入って再び煩悶《はんもん》する。

長い長い時間が過ぎ、整は突如プハッと息を吐き出した。あまりに集中しすぎて、無意識に息を止めていたらしい。瞬きも忘れていた。

「人生で、こんなに悩んだことが、あっただろうか……」

ハアハアと息を切らしながら呟く。

そしてまた、長考する将棋棋士のごとく自分との闘いに挑むのであった。

翌日の午後三時、ライカはすでに桜の木の下で待っていた。

「クリスマスとか意識したことなかったから、面白いな」

「僕もです……メリークリスマス、と言うべきなのか……それはイブでも言っていいものなのか……」

途切れ途切れに言い、ライカと向かい合う。

「これ、プレゼント」

ライカがくれた小さな紙袋には、赤いオーナメントが入っていた。

「売店に売ってた。イチゴみたいで可愛いだろ」

ハートのような形で、イチゴのつぶつぶみたいに金色の装飾がついている。

「ありがとうございます。でも僕、ツリーを持ってないので」

「スマホにでもつけな」

「……じゃあ、あの、僕からは、これを」

苦しい闘いの末に選んだプレゼントだ。

その小さな封筒を、卒業証書授与のようにライカに渡す。

「アンリ・ルソーのポストカードです。まえに印象派展に行ったときに買ったんです」

東京ではバスジャックに巻き込まれて行き損ねたが、幸い巡回展だったので、次に開催された大阪の展覧会に行ってきたのだ。

教えてくれた我路のことを、ふと思い出す。

「どうしてこれを?」とライカが絵を見つめて訊いてくる。

「僕が好きなのと、それから病室で見るなら、人物画より風景のほうがいいかと思って」

しかもクリスマスカラーの緑色だし、ちょっとファンタジーな感じでイラストっぽいから、ベッドサイドに飾ってもいい。

「……タイトルは『蛇使いの女』」

「え、えーと、やっぱ不気味ですか？　すみません、これが嫌いだったらほかの絵でも……」

ライカは口数が少ないうえに整以上に無表情なので、気持ちを推察するしかない。

「これがいい。絵が好きとか嫌いとか考えたことがない。美術展とか行ったこともないしな」

「ないんですか」

「ないな」

「……じゃあ、行きませんか」

ライカから返事はなく、透き通った瞳でじっと整を見ている。

あんまり気が進まないのだろうか。それとも図々《ずうずう》しすぎた？　も、もしかして嫌われてる？　妄想が悪いほうへ膨らんで居たたまれなくなっていると、ライカがふいに口を開いた。

「……それは難しいな。毎日無断で抜け出してるから、一時間以上はベッドを空けられない」

「えっ、許可なしに外に出てるんですか!?」

「見回りの隙を狙ってる」

「それはダメでしょう！」

とは言ったものの、整も薄々わかっている。ライカは人の支配や指図を受けるような人ではない、と。

「いつか行けるといいな、美術展。どうもありがとう」

「……はい」

「じゃ、また午前三時に」

当たり前のように言うと、手を上げて病棟に戻っていく。

「えっ!?　午前？　って、今夜ですか？」

ライカは振り返らずに行ってしまった。

……まあ、冬休みで暇だし、クリスマスの予定もない。何より、どこかウキウキしている自分がいる。

整はライカにもらった赤いオーナメントを眺め、ふふっと笑みを漏らした。

「……よし」

ライカの提案に従い、オーナメントをスマホにつけてポケットにしまう。

でもやっぱりツリーを買おうかな……などと考えながら歩いていた整は、急に足を止めた。

腕に包帯を巻いた少女が、病院の外壁に赤いクレヨンで落書きをしている。裸足《はだし》だし、なんだか服装も寒そうだ。

そっと遠巻きに見守っていると、だんだん形が出来上がってきた。

……炎のマーク。写真とサイトで見たのと同じ、親を焼き殺してくれるという――。

「あの子、病院に来たときにしか、ひとりになれねえんだ」

どこからともなく陸太がやってきて、整の隣に立った。

「しょっちゅう骨折したり、火傷したり、ガリガリに痩せてて……医者も看護師もわかってんだろうけど、どうにもできないんだろ。だから天使を呼ぶしかないんだ、それの何が悪いんだよ」

最後は苛立った声になる。

「……アメリカだと、そういう専門職の人が通報しないと責任を問われるそうなんですけど、それは司法ががっつり前に出てるからで、日本では強制的に親子を引き離す権利が誰にもない。まだまだ家庭に介入できない。直《じか》に目にする医療関係の人たちも悔しいだろうと思います」

冷静に分析する整を、陸太は窺うように見ている。

「おいリサ！　なんでこんなとこにいんだよ！」

「……ああ、母親が来た」

短いスカートをはいた派手な母親は、いきなり少女を叱りつけた。ガラの悪い男が、泣きだした少女の首根っこをつかまえて引きずるように連れていく。

「……最近は、あの再婚相手も一緒にいじめてるらしい」

「詳しいんですね」

「病院に来ると、いろいろ見かけるんだよ」

陸太は受け流すと、思い出したように言った。

「そうだ、さっきあの温室の女から、クリスマスイベントの手伝いを頼まれた。明日の準備がどうしても間に合わねえんだと。おまえもどうせ何も予定ないんだろ、来いよ。夜十一時に倉庫だ」

「……はい」

ちょうどライカとの約束もあるし、遅くても三時までには終わるだろう。

一応、電話しておこうとスマホを取り出す。しかし、イブの夜なのに、なぜみんな整には予定がないと決めつけているのだろうか。まあ実際、予定はないのだが……。

いったん家に帰り、玉ねぎを足した二日めのカレーで夕飯を済ませると、整はお茶を飲みつつコタツでノートパソコンに向かった。

『放火殺人事件』と打ち込んで検索にかける。

「ここ十年くらいで……〝ゲコ〟と読める名字……」

過去の事件一覧をスクロールしていくと、『下戸家《おりと》』という文字が目に留まった。

二〇一四年、七年前の事件だ。

『三月二十二日深夜、下戸さん宅に押し入った強盗が家人に見つかって居直り、下戸さん夫婦を縛り上げ放火。夫妻は亡くなり、長男の陸太くんだけが助かった。犯人はいまだ捕まっていない』

陸太は、火事で生き残った子供だった。

整はしばらく考えを巡らせたあと、時計を見て立ち上がった。


寒いと思ったら、雪がちらついている。

待ち合わせ場所の病院の倉庫の前で、陸太が待っていた。

「こんばんは」

「おう」

もっと人手があると思ったら、ほかには誰もいなそうである。

「梅津さんは？」

「温室で待ってるってよ」

陸太が懐中電灯を点け、扉を開けて倉庫に入っていく。

窓も灯りもないのか、中は真っ暗だ。

整は、入り口を少し入ったところで足を止めた。

「早く来いよ」

「……陸さん」

「カエルって呼んでいいぜ」

「呼びません」

たしかに顔は似ているけれど、整は絶対にそんなあだ名で呼んだりしない。

「陸さん、なんで眼鏡かけてないんですか」

「あ？　暗いのに色付き眼鏡かけてたら何も見えねえだろ」

「そうですけど、クリスマス関連のものって赤いものが多いのに……」

明らかに陸太の空気が変わった。

もう一歩中に入ったら、まずい気がする。

「……やっぱ、僕帰ります」

とっさに逃げようとした整に、陸太が後ろから飛びかかった。

「そうはいかねえんだよ！」

「うわあああっ！」

暴れる整を陸太が無理やり倉庫に引き摺《ず》り込む。体は小さいのに力が強い。

「待って待って、や、やめ……！」

揉み合いながら倒れ込んだ拍子に、陸太の手から懐中電灯が落ちた。

床を転がる光が一瞬、暗闇の中に横たわる男女の姿を照らし出す。

「あっ」

整は息を呑んだ。ふたりとも手足を縛られ、猿ぐつわをかまされている。

昼間見た、虐待されていた少女の母親と再婚相手だ。

「こいつらアパートに住んでるからさ、火事起こすとほかの人に迷惑だろ」

ひいひいと声にならない悲鳴をあげる整に向かって、陸太は焚きつけの枯れ葉か何かのように言った。

「おまえ、ここで一緒に燃えてくれよな」


〈後編に続く〉

本書のプロフィール

本書は、フラワーコミックスα「ミステリと言う勿れ」（作・田村由美）を原作としたドラマ「ミステリと言う勿れ」の脚本（相沢友子）をもとに、著者が書き下ろしたノベライズ作品です。

小学館文庫

ミステリと言《い》う勿《なか》れ

前《ぜん》編《ぺん》

著者　豊《とよ》田《だ》美《み》加《か》
原作　田《た》村《むら》由《ゆ》美《み》
脚本　相《あい》沢《ざわ》友《とも》子《こ》

二〇二二年二月九日　初版第一刷発行
二〇二二年三月八日　第二刷発行

発行人　石川和男
発行所　株式会社 小学館
〒一〇一-八〇〇一
東京都千代田区一ツ橋二-三-一
電話　編集〇三-三二三〇-五六一六
販売〇三-五二八一-三五五五
印刷所――図書印刷株式会社

この文庫の詳しい内容はインターネットで24時間ご覧になれます。
小学館公式ホームページ　http://www.shogakukan.co.jp

ISBN978-4-09-407123-8